U0004931

每天一次，
想著讓人生出力量的人

2010年7月的夏天
李秉律

# 吸引

在沒能發現沿途的美景之前
我絕不回頭。

To：**大田出版有限公司　　(編輯部) 收**

地址：台北市10445中山區中山北路二段26巷2號2樓
電話：（02）25621383　傳真：（02）25818761
E-mail：titan3@ms22.hinet.net

# 大田精美小禮物等著你！

只要在回函卡背面留下正確的姓名、E-mail和聯絡地址，
並寄回大田出版社，
你有機會得到大田精美的小禮物！
得獎名單每雙月10日，
將公布於大田出版「編輯病」部落格，
請密切注意！

大田編輯病部落格：http：//titan3.pixnet.net/blog/

智　慧　與　美　麗　的　許　諾　之　地

# 「熱情」的意義

熱情，藏在曬過一季陽光的草地香味裡；熱情，蘊含在清爽的早晨，擦拭著額頭的青年眼神裡；熱情，是當你手上拿著一張不知何時啓程的優惠機票時，胸口的那股澎湃情緒。熱情就是那樣的。不懂熱情，就彷彿身處於令人窒息的黑暗之中。沒有熱情，如同赤著腳遺落在陌生都市裡一樣的絕望。

愛情的熱情是如此、青春的熱情是如此、朝向遠方的熱情是如此，擁有熱情跟沒有熱情的人是截然不同的。舉例來說，假設前方有一條河流，熱情的擁有與否，不能用渡河者跟未渡河者的差異來形容。應該用：跳進河裡游了一段距離的人，以及連腳都不敢沾到河水的人，這種比喻比較恰當。

　　想擁有熱情不是跨越，而是要將自己完全交付給熱情，浸淫在熱情之中。

# 習慣的差異

　　我忘了帶走曬在屋頂上的濕毛巾，於是好幾天都沒有毛巾可用。

　　雖然毛巾是必需品，為了省錢，我撐了五天左右，最後還是忍不住買了新毛巾，但是那條東西似乎不是毛巾。那比較接近抹布。不，它就是抹布。

　　沒關係，只要改變自己的習慣就行了。

　　你會怎麼摺手帕呢？是以十字的方式摺嗎？或是先把手帕往同一方向摺兩次，再換個方向對摺兩次呢？你會把商標摺向手帕內側，還是讓商標露出來呢？

　　你會用熨斗將摺好的手帕燙得方方正正？或許你極度厭惡在手帕上看見明顯的摺痕？

　　沒關係。旅行會消弭你瑣碎的習慣，只留下那些大而化之的。

# 墨西哥理髮師

　　我喜歡理髮師這個職業。因爲他們很乾淨。我沒見過骯髒的理髮師。不知道從何時開始，去理髮變成一件不自然的事，從那之後再也沒去了。但是，旅途中不得不剪頭髮的時候，我仍會去理髮院。每當我的劉海刺到眼睛時，或是幾天沒辦法洗頭，頭髮變得蓬亂，讓人覺得彷彿有什麼蟲子在裡面爬的時候，我會在車站前四處張望，尋找理髮院的蹤影。一定要是理髮院才行，不能是那種瀰漫甜蜜香氣的沙龍，要是散發肥皂味道的理髮院才行。

語言不通也沒關係。畢竟我不是去理髮院燙頭髮的。首先，走進理髮院，披上白色罩袍坐下，用一隻手抓著自己的頭髮，向理髮師說明該剪的長度。接著，另一隻手做出「喀嚓」的手勢。鬍子一定要給理髮師刮才行。無論是在尼泊爾、中國柳州，以及羅馬尼亞的小鄉村，當我表示我不願意讓理髮師刮鬍子時，他們總會露出一臉不滿的表情，彷彿自己沒能善盡職責。相反的，他們喜歡客人要求刮鬍子服務，接著，他們便會用滾燙的水消毒刮鬍刀。即使是因為我而必須煮水，他們也甘之如飴。

墨西哥的岡薩雷茲爺爺是個手藝精湛的理髮師。儘管年紀已經六十多歲，面對一顆顆的頭髮，他的手法卻相當藝術。他的服務無微不至、精準，甚至十分溫柔，重要的是，他不會刻意炫耀這一切。

他的壓箱寶果然還是刮鬍技。他拿了三個杯子，讓我試聞味道，製造肥皂泡沫的罐子裡有各種不同的肥皂香味。他是要我選一個喜歡的味道。光從這一點就能瞭解到理髮師爺爺有多麼專業。當然，洗髮時也是用客人所選的肥皂。我認為，理髮師對客人至少要做到這種程度的服務。只用一種味道的肥皂幫所有客人洗頭也稱不上是一件壞事，不過他這麼做，總讓人有一種被尊重的感覺。

隔天早晨，
喚醒我的是那股在理髮院裡洗頭的肥皂香氣。
很甜美，這樣醒來也不差。

第肆話
就這樣開始

你知道我想畫一幅怎樣的畫嗎？讓我來說說。

先以目測的方式找出空白圖畫紙的中心，

從最上方開始畫一條線連接到畫紙底端。

那條線的用意在於將一道牆分成左右兩側。

雖然目前看起來只是一個平面，

其實左右兩道牆精準地呈現垂直 90 度的狀態。

因此，若是從左邊的巷子往右轉 90 度，

那是一道必須要將身體轉向的「L 形」牆壁。


先在左方牆邊畫一名男子。

他的身體緊貼著牆，朝著右方牆壁轉動身體，

悄悄地，眼神像是在躲貓貓一般。

當然，右方牆邊也同樣畫上一名女子。

她同樣靠著牆壁，像是在偷看誰一樣，

滿是緊張的感覺。

實際距離雖然不到幾公分，因為是 90 度垂直的牆壁，

對方不會知道那道牆的後面有誰正在接近的這個事實。


因為是畫，畫是靜止的，在一秒之後，

如果兩個人都往前移動一些的話，

或許兩人的鼻子會撞個正著也說不定。

接著，又過一秒，兩人都受到突如其來的驚嚇，

或許兩人會因此往反方向跳得很遠很遠也說不定。


愛情的開始就是如此。

一旦自己看上了某個理想的對象，

此後，眼神總會為了找尋他的蹤影而在他身邊徘徊不停。

明明只看了一眼，我的眼睛卻像中毒一樣，
彷彿就因為他一個人，我的眼睛不是濕潤，就是乾涸。


不過這幅畫中並不是描寫一個人獨自苦苦單戀。
他們兩個人都因為彼此的存在而傷心難過。
兩人因此產生衝突，最後，
他們會對彼此吐露心聲，或許他們也會知道，
那樣的情感不是只有自己才有。
「其實，我……從很久以前就喜歡你了。」
說出這句話的同時，他們並不知道對方也會說同樣的話。
兩人僅是脫口而出罷了。
他們說出的話成了回音，充斥在巷口裡。


好了，既然兩人已經相遇了，
他們再也不需要為了偷看彼此在牆壁邊貼著臉的那個角落了。
這是多麼地幸運啊？


我所認為的愛情就是如此。
只靠一個人是無法傳遞的，
那是毫無道理且十分不足的，
僅只一點外力都能將它粉碎；
只靠一個人是無法持續下去的；
只有一個人是無法成就任何愛情的。


好了，我把我想畫的圖說明完畢了。
這幅畫的題目是《就這樣開始》，就是這個。

但是我究竟
能不能完成這幅畫作呢？

# 多久

　　抵達了西班牙的巴塞隆納。一想到在此停留不到三天就必須轉往其他的地方，我不禁感到不悅。好吧，能待多久就待多久。然而，撐不到五天我就飛到墨西哥了。那裡充斥著慶典的氛圍，讓人難以招架。

　　慶典不只有一、兩天，因為連續數日的慶典，我再度動身到鄰近都市，那裡竟也是隔天就將展開大規模慶典活動了。那是場非常盛大的慶典。盛大的程度令我不禁思考，人生在世是否還能再看到那樣的慶典。人們也十分欣喜若狂。這裡並不是我心嚮往的地方，我拍著膝蓋心想：

　　「好吧。去古巴吧。在那裡或許能找到我想尋找的東西也說不定。」

　　我從「旅行中的旅行」變成「旅行中的旅行中的旅行」，我就像亡命天涯的人一樣，將這個旅行計畫付諸行動。這其中也包含了後續的旅遊計畫，結束古巴之旅後，我會再回到墨西哥、西班牙等地。

　　在打聽從墨西哥到古巴的方法時，我發現必須要到距離首都墨西哥市仍有一段距離的坎昆才能購得古巴的機票與簽證（當時是如此）。我在前一次墨西哥之旅得知坎昆是個著名度假勝地，因此我不曾想過要去那裡，沒想到坎昆卻是一個去古巴之前非去不可的地方。搭了 23.5 小時的巴士，終於抵達坎昆。

我把護照交給一間小旅行社請他們代辦，接著，我開始煩惱我要住在附近的哪裡來等待我的簽證。我問了旅行社的老闆，附近有沒有便宜又不錯的地方可以推薦給我。他推薦了一座名為「穆赫雷斯」（女人的島）的小島。前往穆赫雷斯島的路上，幻想著自己住在能看到海、聽到海浪聲的地方，度過浪漫的幾天，但是我住的地方卻是距離海岸很遠的島嶼內地的一間民宿。

　　我一天總會往返海邊三、四次，過了兩天小島青年般的生活。當時，住在隔壁房的瑞士夫婦來敲我的房門。似乎是看我成日無所事事，而感到好奇又擔心吧。他們告訴我，民宿附近住著一個有趣的人，叫我可以去見見她。是個會用珠子算命的人。

　　她是年近四十歲的墨西哥女人，她用算命所賺的錢四處旅行。她叫我坐下，拿出幾個看上去繁複的籃子放在我的面前。她要我選出喜歡的珠子顏色，用棉線把那些珠子串在一起。屋內的窗簾都是合上的，如果真要串那些小珠子，燈光能再明亮一點就好了。她看我猶豫的神情，於是用眼神示意要我遵從她的指示。在我串珠子的時候，她在讀類似雜誌的刊物。「這個長度夠了嗎？」我拿起一串大約手指長度的珠子，她看一下，要我串到自己滿意的長度即可。我就像個小媳婦一樣，繼續坐著串珠子。

　　然而，因為她突然叫喊出聲，使得我必須停下手邊的工作。我在串珠子的過程中把一顆珠子弄掉在地上，當時我太過集中在串珠子，導致我沒能注意到珠子掉了。「欸，珠子掉了就應該看它掉到哪裡才行啊！這樣你才能把那顆珠子撿起來。」

　　她仔細地端詳著我所串的珠子。

　　「你有個忘不了的人。為什麼你沒辦法忘記那個人？你到底又為什麼到處徘徊呢？因為你的四處徘徊，讓我的頭痛得快死了。」

怎麼？這個人？到底是？我的臉漲紅，雖然我仍面對著她，但我卻感到被看穿一般，直低著頭。

她並沒有停止，持續追問著關於我的人生，但是我聽不到她的話。我被她的最初幾句話刺得像是膝蓋受傷一樣的疼痛，於是我什麼都聽不進去了。雖然串珠子讓我有些不順，但是見她的那天其實沒那麼糟。

我整晚坐在海邊望著遠方。為了看向那看不見的遙遠彼岸，我的眼睛簡直快瞎掉了。海浪打在我的腳邊。我想起我深愛過的人，我也想起了我應該深愛的那個人。


妳啊，假設妳住的房子的大小是 100 這個數字，

我會占據其中的多少？

妳啊，假設妳所知道的最大數字是 1000，

我會占據其中的多少？

妳啊……妳那一萬個想法之中，

我所占據的位置，又會是多少呢？


我想，這些「妳」，或許指的都是同樣的人也說不定。想著想著，不知不覺遠方的太陽升起了，因為陽光讓我變得溫暖，我癱軟地將頭埋在膝蓋上。

在珠子掉下來的時候，如果我們沒看到珠子最後掉在哪裡，我們永遠都無法撿起那顆珠子。

# 不同的時間

有關妳的任何一切都需要許多時間。
早晨起床時走向浴室的時間。
前往約定地點的時間。
用影片播放器看完電影，即使片尾字幕都出來了，
妳仍會過了一段時間才按下停止鍵，
甚至連電話也都要等鈴聲響了五次以上
才起身準備接聽。
因此，妳需要許多的時間。
或許，就連談戀愛妳也堅持要用相同的時間速度也說不定。

我並不認為那是個問題。

我是想問，那所有的時間能不能都分給我。

我希望我能在妳分給我的些許時間內

完整地愛戀著妳。

我不要像妳利用時間的姿態那樣熟悉、那樣理所當然，

我希望稍微帶點懇切、有些情緒，如果能如此就好了。


如果妳不知道如何開始，我也能夠告訴妳開始的方法。

只要像這樣和我搭話就行了。


「你喜歡什麼？

嗯，我喜歡把電視開得很大聲再一邊看漫畫，

喜歡幫朋友送我的窗台花盆撿拾落葉，

再把那些葉子裝進一個玻璃杯裡，

嗯，我也喜歡靜靜坐著的時間。非常非常喜歡。」


或許在妳如此對我訴說的瞬間，天空中會飛來一隻鳥

停靠在我的肩膀。接著，那隻鳥會在我耳邊說道：

「現在行了。她打破了沉默，這就是開始了。恭喜你。」

我想要像這樣開始。

我會理解妳的習慣，不會對妳毫無道理的興趣說三道四。

我會在妳吃完熱狗時，幫妳丟掉竹籤，

我會把它拿在手裡很久，並在工地的沙地寫下：

「我愛妳。」


可是時間之於我是不同的。

能讓我愛妳的時間是不同的。

# 給你

別干涉青春。讓青春自然地流逝、自然地度過。

談到青春，沒有特別的使用方法。它就像海浪襲來，你只能以身體接受；它就像雨後的藍天一樣光彩炫目，你只需要讓自己沐浴其中就行了。

躊躇不前便不算青春。困在思想的圍牆內也不是青春。無謂地自責或是將錯誤推給別人都不是青春的任務。青春是運動場；青春是五光十色的繁華街道；青春是讓心情澎湃的郊遊日。

有時，回想我的青春仍會讓我悸動，因為我總是想起一張可以隨意塗鴉的圖畫紙，那是一張無邊無際的大型圖畫紙。大家不都是那樣嗎？不知道該從何開始下筆的白色圖畫紙，在它面前的那份悸動，是世界上最美麗也最純潔的情感，同時，這也是人生中少數的幾次機會。

但是，妨礙青春的障礙物多得不計其數。因為太常聽到「不行」，常讓人無法體會、遇見，與擁有青春。即使如此，仍要體會、遇見、拚盡全力也要擁有的東西，一定要獲得幸福的東西，那，就是青春。

但是我們通常不太能感受到自己所擁有的東西，同理，我們也常輕忽青春的存在。因此，我們輕易地消耗掉青春，無法認知青春是多麼地重要、美麗與可愛。

或許青春只有咫尺差異吧。他人跟我是否合得來，我又是否會錯過與他人的姻緣，這些或許都只有一線之隔也說不定。青春的一切都由一指之遙所連結，因為那一指間的距離，大部分都沒有美好的結果。

所以目前為止所有的青春都是失敗的。人生的前輩們，大家的青春都是如此。那都是因為大家害怕遭遇失敗，所以才什麼都不嘗試，徒留後悔。害怕失敗會讓自己丟臉，又怕失敗後的自己會感到茫然，因此每個瞬間都在往後退，才導致青春的失敗。回顧青春，所有的事情、所有的瞬間都充滿了可能性，人生的前輩們當時並不曉得，那些事情是多麼地帥氣。

所以大家才會像笨蛋一樣念叨，「要是我年輕十歲的話……如果能回到十年前的話……」但是人生無法回頭十年，就算真能回到那平穩度過的十年前，也不可能重新獲得成功的青春。那是因為，曾經度過失敗青春的人，他們永遠都只會是個失敗者。

青春雖然敏感，但並不複雜。青春也不偉大。它稍縱即逝，無法中斷，也沒辦法受到阻攔。青春不能是其他事物，它是無法取代的存在。

青春會有很多想哭的事情。或許也會遇到很多挫折、或冤枉的事。因爲青春，所以很快就能重新振作了。甚至可以將這份振作內化爲重啓的力量。

　　因此，請不要徒然耗費時間佇立在青春大門前，想著門的後方會有什麼、會發生什麼。你只需要以悸動的心情奮力推開青春大門就行了。如果能張開雙臂盡情擁抱門後的春雨、春風，與春天的陽光，那麼，那就是青春。

　　所以人們才用春天形容青春。

# 一隻烏龜

人與人之間的互信雖然是十分理所當然的事情，
對於因為信任問題而歷經幾次生死難關的人而言，
或許「相信人」會變成一件最困難的事也說不定。
令人心痛的是，我認識的人之中，
正有這種因為別人而傷過幾次心的人。
後來他因此到極為遙遠的國度生活。
原本他並不想做到這種程度，
最後卻變成與人對立、與國家疏遠的人。

寂寞的他在遠方的國度一個人生活，同時也養了一隻烏龜。
每天傾注他所有的感情在烏龜身上，
和牠說話。
不僅如此，他還會責備烏龜。
一進到關著燈的家中就先找烏龜，甚至忘了先開燈。
雖說是因為寂寞，不過養烏龜也證明了這個世界上的某個角落
仍然有個存在需要自己。他將這份情感依附在烏龜身上。
可是為什麼偏偏是烏龜呢？

「以烏龜的速度來說，牠絕對沒辦法逃得太遠。
而且牠可以活得比我還久。」
烏龜不會逃走，壽命比自己長，
養烏龜是絕對不會發生背叛這件事的。
這兩個理由是他之所以選擇養烏龜的原因。
這是一個人因為人而傷心過度的故事。

# 柬埔寨的唐（Donne）

　　我正在處理因為去了一趟柬埔寨的吳哥窟而耽擱的工作。

　　一通電話打了進來。是個未知的號碼。是唐。

　　唐是我第二次去吳哥窟的三天期間幫我介紹各個寺廟的朋友。

　　二十一歲，臉很黝黑，喜歡足球，明明說好要在寺廟等我，卻因為睡著而放我鴿子的朋友。

　　當我說我喜歡吳哥窟，想在這裡住上一個月的時候，他說下次我來要帶我見識那些不為人知的小寺廟。當我說下次要是再來吳哥窟，我不要住一般旅社，我要住在他家時，唐對我說：「好啊。什麼都好，但是我家沒有電，很暗。」

　　當我接到那通國際電話，發現是唐的瞬間，我什麼話都說不出口，愣了好幾秒。我計算我從吳哥窟回來之後過了幾天，回想自己是否有遺漏任何東西，懷念起當時寺廟的雕刻、樹木與風吹。我的回應因此延遲了。

我笑不出來，也沒問他「爲什麼打給我？」或是「過得好嗎？」我只是淡淡地說：「你來韓國了？」

　　不是。他在柬埔寨。他隨即接著問我什麼時候要去柬埔寨。我多次以假設的方式問唐：「如果我再來這裡……」，看來他是因爲記得這點，所以才以爲我會立刻回去吧。雖然我總是那樣說，難道他眞的相信了這件事？我無法繼續接話。

　　他說，如果我去，他會到機場接我；如果我去，可以一起到湖邊游泳；如果我去，他會介紹很多漂亮女生給我認識，他還說了會再次帶我去我最喜歡的塔布蘢寺。

　　我冷淡地掛上電話，走進浴室想洗把臉，看著鏡子，我的臉似乎因爲某種原因紅了起來。那像是環繞吳哥窟的夕陽，又似乎是暈染吳哥窟早晨的陽光。總之，即使洗了臉，那抹紅潤仍維持了好一陣子。

# 單身很好

我跟他成為朋友的原因，是因為他有兩個名字。

Maurice Tinchant 和 Tran Trong。

他的爸爸是法國人，媽媽是越南人，

所以他擁有完全不同的兩個名字。

我是在龐畢度中心舉辦韓國電影節的時候認識他的，

他是一個很熱愛亞洲電影的電影製作人（他的代表作是《聖女貞德》）。

某天，我受邀到他家。

其實不算邀請，那天的晚餐時間，

我家附近的餐廳很不巧地沒營業，

於是他便提議到他家簡單煮點菜來一同享用。

他的家有很多植物。庭院裡種了許多異國植物，

只要把另一邊花圃上長得茂盛的香草葉子摘下浸入水瓶裡，

加上開水就成了可口的香草茶。他說，只要買了植物，多半都會種在土裡。

這是一個有很多植物的家。這讓我對他另眼相看，如果可以的話，真想偷走他的家。

庭院裡滿滿的植物還不夠，走進室內，屋裡放的花盆讓人不禁聯想到植物園。

廚房餐桌旁放了一盆類似仙客來花的植物，我讚道好看，接著他說：

「我旅行的時候，也帶它一起去。」

「一起旅行？」

「一個月前我去泰國的時候，它就跟我一起去。」

「機場人員不會說些什麼嗎？」

「出境的時候沒什麼問題，要入境泰國時花了很多時間。把它帶回來的時候也同樣繁瑣。」

我感到不可思議。能那麼做的東西、讓我想那麼做的東西，我擁有多少呢？

「它難道不會生病嗎？」

「去的時候似乎很好，回來之後就有點病懨懨了。」

是旅行後遺症。花簡直跟人一樣⋯⋯

「帶狗或是貓去旅行倒還能理解，帶花旅行可真奇怪。」

「所以我才離婚。她討厭我這樣。我是說我的前妻。」

「啊，抱歉。」

「單身很好吧？」

「單身很好。」


我記得他寄給我的聖誕節卡片。

我收到的包裹是一個明信片大小，扁而透明的塑膠盒。

厚度大約一公分左右。

似乎是回收再利用的容器，但是我不清楚它的用途。

裡面裝著還沒去殼的麥子。

搖動包裹就會發出聲音。

那是他把院子裡種的麥子曬乾後的成品。

他用類似魔術筆的東西在塑膠盒上寫了幾句簡單的問候。

收到如此精緻的卡片，我喃喃自語地說道：

「一個人住所以時間很多吧？我也喜歡這樣。」

雖然我羨慕那些會帶著自己珍愛物品旅行的人，

另一方面，我也總會先想到，

帶著那些東西該有多不方便。

我仍舊認為那些隨身帶著珍愛物品旅行的人是非常新奇的。

— 裝滿整個皮箱的書。

　（對於那些把書全部讀完，然後再丟掉它們的人，我甚至感到尊敬。）

— 平常愛喝的原豆咖啡。

— 厚實的日記本。

— 睡衣。

— 戀人。

第拾壹話
# 不如跳支探戈吧

那天，看完探戈舞蹈表演。在阿根廷的布宜諾斯艾利斯，夜空中懸掛著一彎上弦月。一個人走在小巷間，準備轉向另一條路口的瞬間，總覺得我的身體姿勢就像在模仿探戈舞姿一樣，於是，我輕聲地笑了。因為當晚的探戈太精采，隔天早晨一睜開雙眼，我就下定決心要去探戈教室報到。

　　探戈教室裡有許多像我一樣的觀光客。我有點緊張。真不知道自己能不能跳出以往僅從照片或電影中看過的舞蹈，想到這裡，稍微口乾舌燥起來。老師要我拋開所有的緊張跟害怕。但我卻總是踩到老師的腳。老師叫我毋須感到抱歉，他說，讓別人踩自己的腳就是他的工作。不知道我到底踩了幾次老師的腳，也不知道我到底滴下多少的汗水。

　　那天，我又去了探戈教室。更多學生了，有幾對外國情侶也來學探戈。從瑞士來的 Cecil 也是學生之一。她身材瘦高，看上去很誠懇，給人的印象很溫柔。

　　老師把我跟妳叫到台前，請我們跳些目前為止學會的簡單動作。我雖然害羞，但在我牽起妳的手的瞬間，一切突然都變得無所謂了。每次我踩到妳的腳，旁觀的學生們總是會笑，妳卻變得更加認真。

　　因為我一直踩到妳的腳，我舉起雙手，表示自己沒辦法繼續跳下去，老師見狀，指了牆上掛的一張照片。那裡掛的是艾爾・帕西諾主演的電影《女人香》的海報。

　　「跳錯的話步伐就會凌亂。但是沒關係，繼續跳就對了。步伐凌亂才是探戈啊。」

當我讀完那句話，瞬間，我周遭發生的一切都變得羅曼蒂克了起來。這下我才理解，爲什麼想追求羅曼蒂克的人會去學探戈。我不自然地掏出手帕，想幫妳擦拭妳的皮鞋，妳婉拒了我，一手握住我的手，並用另一隻手拍拍自己的鞋面。妳笑著對我說謝謝。

　　其他人輪流上台熟練舞步，接著到了十分鐘的休息時間，老師爲了示範舞姿給大家看，和一名似乎是助手的女人開始跳起探戈。

　　舞動的兩人彷彿是踩在平靜湖面的鳥兒，輕柔而靈巧。我在探戈的舞蹈儀式前想著，如果兩個人對彼此一絲好感都沒有的話，絕對跳不出這樣的舞。跳著那樣的舞，要如何才能不陷入愛河呢？瞬間，牆壁上的海報文句產生了不同的解讀。

　　「開始戀愛心情就會紊亂，但是沒關係，繼續愛就對了。心情紊亂才是戀愛啊。」

# 去年秋天的落葉

　　從祕魯跨越國境到玻利維亞，坐在前往科帕卡瓦納的公車裡，我冷不防對一個來自紐約曼哈頓的中年女人問道：

　　「紐約去年的秋天怎麼樣呢？」

　　她露出一副不解的表情，然後微笑著回答我：

　　「總共有七億八千八百九十一萬九百三十九枚像襪子一般的落葉，它們全像在尋覓自己的另一半一樣的四處打滾。」

# 即使我們現在跌倒了

聖誕節時，我在克羅埃西亞的杜布羅夫尼克。適逢聖誕節，所有的旅館全都關門了，我雖然感到無助，但那天確實是美麗耀眼的冬日。沒有下雪，是個雨下得淅淅瀝瀝的聖誕節，那天久違的靜謐讓我十分感動。雖然寂寞又蕭瑟，但是沒辦法的事情就是沒辦法。

偏偏在這種日子，我走在傾斜又狹窄的小巷，因為天雨路滑，一不小心我就跌坐到了地上。不只跌傷屁股，不知道是怎麼跌倒的，我的三根手指竟嚴重地挫傷，血不住地流下來。更慘的是，我右手提的相機重重地摔在石階上，聲音大到甚至讓一位老爺爺打開了家門查看外面的狀況。相機的下方嚴重刮傷了。雖然想查看相機的狀況，但是在我的手指負傷的當下，我也沒辦法仔細檢查相機。事後回想起來，似乎是跌倒的瞬間我一心想保護相機，於是才傷了自己的手指。

要是有手套就好了。雖然仍然下著雨，手指又冒著血，我仍然決定以這樣的狀態繼續閒逛。畢竟這裡不是別的地方，是克羅埃西亞的杜布羅夫尼克啊。

我走進了一間教堂躲避風雨，正巧大家正在進行聖誕彌撒。為了避開大家張望的眼神，我站在最後面的角落，傾聽著管風琴的聲音伴隨著大家吟唱的聖歌。直到目前我的感受都僅止於聽音樂、進入教堂享受暖氣的程度而已。

但是！我竟然開始混入人群中，一同唱著我從未聽過的聖歌。雖然只是跟著聖歌的旋律，但是那首歌彷彿是我老早就知道的歌曲一樣，我完美地伴著旋律唱和。噢，天啊！我竟也有像這般感受聖靈的一天。

　　那天傍晚，我用好不容易弄來透明膠帶和衛生紙包住我的傷口，我之所以能夠撐下來，或許也是因為聖誕節氣氛的關係吧。

　　隔日，我離開克羅埃西亞的杜布羅夫尼克，跨越國境到了波士尼亞與赫塞哥維納的莫斯塔爾。我費盡苦心找到藥局，買了藥膏跟繃帶為自己上藥、包紮。我一邊處理傷口，一邊自我安慰，慶幸受傷的部位不是頭部。

　　在一間鞋店前，貌似夫婦的男女正站在鞋店前方，看著店頭展示的男性皮鞋。女人看起來四肢健全，男人則是少了雙眼與雙手。嚇！女人拿著皮鞋，而男人正用他被截肢後的手腕仔細摸著鞋尖。女人似乎在對他說明皮鞋的顏色與樣式。男人應是外出買皮鞋的吧。

　在這幅衝擊的光景前，我手指的痛楚全都揮發了。我手指那狼狽的傷痛，跟男人的痛苦比起來簡直微乎其微了。

　莫斯塔爾曾經歷過內戰，至今仍是個四處可見子彈痕跡的城市。內戰時期的分界地帶甚至會埋設地雷，話說回來，那個男人是因為抱住地雷才受傷的嗎？

　我就那樣佇立許久，動員我所有的感官神經去理解那幅畫面，然而我的內心深處卻只留下一股奇妙的化學反應而已。為了用我的雙眼和心臟去證明、判讀這種難以解讀的光景，短期內我是否還要再多繞繞幾個地方呢？

　我試著出力，手指好不容易能稍微動起來，於是，我不再渴望為自己買雙手套了。

第拾肆話
# 陽光照耀的路

68

是要走在陽光照耀的路，還是影子遮蔽的路，
你喜歡哪一條路？
我從前的愛也是如此。
陽光照耀的路與影子遮蔽的路，我總是在兩者之間
辛苦地猶豫著該走哪條路好。
我沒想過兩者是可以共存的。
這兩條路我都愛，兩條路都是我的路，
為什麼要在意其中一方的眼光而感到抱歉與不安呢？

當我不知道現在這個當下是想吃檸檬還是橘子的時候；
少了點味道，
卻不知道該撒鹽巴還是加點砂糖的時候；
昨天明明很喜歡某樣東西，今天卻毫無理由地討厭起那樣東西
的時候；
好不容易燙好的衣服，
竟不小心誤以為是換洗衣物而丟進洗衣機的時候；

像這樣，想多注意卻面臨難堪窘境的時候，
我選擇離開。

# 遙遠

該走了。
每當自己想跨越那些堆積成群的幻想時⋯⋯
就該走了。
有時，也該看看那些幻想無聲無息地崩潰的情景。

第拾陸話

一起

那次的旅行是兩個男人的旅行。

原本打算獨自出發的我，在朋友聚會的場合上談到我的旅行計畫，
朋友向我提議：「我能跟你一起去嗎？」

但我知道他其實沒有那個意思。

當我聽到他問我「能否同行」的時候，我一方面感到不幸，
另一方面又慶幸他這麼問我。

因為，如此一來，我們兩人就「不是一個人」了。

結果，我們兩人往非常、非常遙遠的地方飛走了。

到挪威的奧斯陸。

我們之間最大的問題就是沒有對話。

我安靜是因為我早已習慣一個人的旅行，至於他靜默的原因我就
不得而知了。

或許你會想，不對話能有什麼大問題？

但是那卻證明了我們對彼此感到生疏的事實，
儘管如此，我們仍然什麼話都沒說。

非常悲慘地、令人發毛地，一句話也沒有。

兩個男人的旅行方式就是如此。

搭上火車前往卑爾根的兩人

在港口附近決定好住宿地點之後，每天都以散步來殺時間。

兩個人，或是一個人的散步。

某一天，我認為應該可以這麼做了。

「我出去一下就回來。」就連這句話我都不願意對朋友說。

於是我開始出去又回來、出去又回來，如此反覆著。

與其一起旅行，朋友似乎也選擇了不妨礙我，
尊重我那最小限度的固執。
每當我從外面回來，或許是為了不要妨礙我，
朋友也悄悄地出去又回來，出去又回來，如此反覆著。
他那麼默默地出門，究竟是去哪裡呢？
我好奇得無法自拔。於是我偷偷地跟在他後面。
沒想到，他每天一個人外出散步，走的路竟和我一樣。
欣賞著優遊湖面的水鳥，
坐在我常坐的長椅上抽著菸，
站在製作木頭家具的商家前往裡面探頭張望，
與賣花攤販點頭打招呼，反覆地走走停停。
雖然只是背影，一切的路線全都相同的事實，
讓我不自覺哽咽起來。
在這趟空虛、不甚習慣的旅行之中，
我感到我心中的毒被排出體外了。
可憐卻愜意，孤單卻可靠的背影。
我也擁有那樣的背影嗎？那是否也是我的樣子呢？
我停止跟蹤他，我向他走去，努力地和他說話。
努力聊著：想吃些什麼、要不要一起去哪裡、過往的時間等。
因為我自己沒辦法獨自承受他的背影，
於是我卸下所有防備、放棄獨自旅行的固執。
我也想像這樣跟隨看看。
看那些我一路走來的人生路途，以及我所有的背影……

# 從波多黎各來的
# 費爾南道

對於不會做菜或是討厭做菜的媽媽來說，罐頭是最好的夥伴。

過去的十七年間，少年對媽媽的料理印象多半是開罐頭的聲音，還有開罐後傾瀉而出的內容物，少年因此認為媽媽不愛自己。

事實上，或許少年的媽媽跟其他母親並沒有不同。因為有愛才那麼做也說不定。

但是，吃著罐頭料理長大的少年在年紀稍長之後是這麼想的：

「即使如此也無所謂。就算媽媽不喜歡我，我仍然愛著媽媽……」

自此之後，少年便親自到市場買菜，煮飯給媽媽吃。

「媽媽，味道怎麼樣？」少年每天做完菜都會這樣問媽媽。

然而少年的媽媽就跟一般平凡人一樣，味覺不太敏銳。

「好吃。」那只是一句不帶感情的回答。

其實少年希望聽到媽媽稱讚他做的菜好吃。「如果媽媽眞的覺得我做的菜好吃，請媽媽也給我相等程度的愛。」或許少年心裡也想如此要求媽媽吧。但是又能怎樣呢？不會煮菜或許是媽媽與爸爸分手的理由之一，媽媽雖然不是沒有愛的人，但她卻是個無法品嘗美味的人。

　　少年還是持續下廚。他下定決心，要一直做菜，直到媽媽能夠品出味道、找回舌頭味覺的那一天。

　　在那之後又過了幾年。流逝的時間與自己吃著罐頭食物長大的年月一樣。此時，少年已經是一名高檔餐廳的廚師了。

　　媽媽讚譽他是全世界最會做菜的人，當然，餐廳的客人也都給予其極高的評價。認定自己無法獲得母愛的自卑感之中竟能帶來這麼大的轉變。這是一個自卑感讓人變得更加出色的案例。

　　「媽媽的味覺完全恢復了嗎？」

　　從波多黎各飛來的朋友——費爾南道回答了我的問題。

　　「就在媽媽的味覺快要恢復時，她就交到男朋友了。

　　後來我過得忙碌，沒時間跟媽媽吃飯，所以我也沒機會問她。」

# 小雪人

那天下暴風雪。

從首爾出發到仙台機場的飛機無法降落，

在天空上一直打轉。

機場跑道上雖然動員了好幾台大型鏟雪車跟數十名人力，

大雪卻下得簡直要把那些人跟車都淹沒了。


飛機沒辦法降落就等於我沒辦法搭上飛機。

我無法回去。

可能必須再多住一晚了，不安感漸漸襲上我的心，

此時傳來機場廣播，試圖降落在仙台機場的飛機必須轉飛東京。

沒有任何等待搭機的旅客願意相信這個事實，

但是據說日本東部列島的所有城市都在下著大雪。

人們開始陸續拿回自己的行李，搭上往仙台市區的公車。

於是我在車上看到了妳。

顯得很冷的妳拿出一片口香糖煩躁地嚼著，

並一邊看起漫畫書。

我靜靜地望著妳的側臉，妳突然向我遞來一片口香糖，

眼神卻沒有移開妳的漫畫。

我接過口香糖之後用眼神示意了一下，我就像是在看著窗外的雪白世界一般，

然後我問道，妳要去哪裡？

妳問我是不是第一次來仙台，我沒回答，
只是我的腦海裡開始思考著如此這般的謊言：
我才剛下飛機，這是我第一次到仙台，
應該要到市區繞繞的，現在卻不知道該怎麼辦才好……

因為大雪的關係今天沒有任何飛機降落，也沒有任何飛機起飛。
這些事妳一定都知道。
妳為了替朋友接機而來機場，確認了旅客名單之後，
發現朋友根本沒搭上飛機，
那班原本朋友該搭的班機甚至轉航到名古屋了。
妳似乎很喜歡那個朋友，
奇怪的是，對那個素昧平生的人我竟感到有些嫉妒。
沒錯，當妳說出自己喜歡的事物時，
無論是誰都會對其產生嫉妒的心情，妳就是一個擁有如此奇妙魅
力的人。

妳問我晚餐時間要做些什麼。
我霎時露出歡喜的表情回答，
或許會到百貨公司的地下街買三明治來吃，
抑或到書店之類的地方打發時間。
聽完後，那天妳便抽空陪伴了我。

妳說妳喜歡雪。
要是每天下雪的話一定會很膩的，
妳卻說妳從小開始就沒有討厭過、厭倦過雪。
和妳坐在烏龍麵店裡吃烏龍麵的時候，
我不停地想是否該延遲自己回國的時間。
我期待著明天也能瘋狂地下雪，若是能下到讓我無法回國就好了。

雖然我沒說出口，但是這一切都是因為奇妙魅力的妳。
非常特別的妳……

烏龍麵店的窗外有人將腳踏車依著郵筒停靠。
腳踏車的外型已經被積雪堆到看不出來了，
那副模樣就像翼龍一樣。
到了明日，翼龍會讓我乘著牠回家。
像是要炫耀牠巨大的雙翅一樣。
在我胡亂塗鴉起霧的窗戶時，
看見窗外的妳似乎正在對著窗裡說些什麼。
雖然我聽不見聲音，總覺得妳應該是這麼說的：
「要是你離開了……你一定會對這段時間感到後悔不已的。」

是啊，為了不留遺憾，我該把回程日期延後多久才好？
於是我開始張開雙手計算。

# 去愛吧

去愛吧。沒時間浪費。

別只是把愛掛在牆上，要觸摸它、穿它、用臉貼貼它。

愛是不等人的，

就算你不知道該在何處下車而到了終點也不會有任何補償，

即使你正想找藉口，愛也會要你自己負責。

去愛吧。準時進站的愛可不允許你延遲上車。


以這種方式來解釋的話，愛就是火車。

沒有一起搭車就無法並肩欣賞相同的風景。

沒有一起買票，火車座位就只能分開坐。

沒有確定彼此的心意，就不能在同一個站下車。

以後就只能永遠錯過彼此。


如果你能那麼做，你就會熟悉瞭解世界的方法，

也會懂得觀賞宇宙的方式。

那麼，或許某天，你會突然擁抱住某人，

而你會以為他也在擁抱著你。

那份心情甚至會讓你鼻酸。

愛情就這樣一舉傾瀉在完全毫無心理準備的你身上。

一個人與另一個人的相遇是奇蹟，讓人能將世界隨心所欲地上色，

你將親眼見證這個奇蹟。

投了滿滿的零錢卻什麼也沒得到，那仍是你的愛。

讀著珍藏的書籍，翻了幾頁，卻不小心撕裂紙張，

就算遇到這種難堪的狀況，那仍是你的愛。

不知道是誰把足球踢到高高的天空中破壞了得分的好機會；

買了新衣服，撕開條碼牌的同時也扯破了衣服的一角；

雖然不太可能發生，但若是因為愛而失去一切，那仍是你的愛。

既然是我的愛，既然我能夠擁有這份愛，

又有什麼理由不賭上我的一切呢？


別輕易去想，自己究竟為了什麼無法去愛，

那代表你相信，愛情是「任何人、任何時間都能做的尋常事」。

為什麼我沒有一件事做得好，甚至沒辦法去愛。

別這樣鄙視自己。

那代表你認為愛情是一種義務。

愛情不是尋常事，也不是義務，愛情是你，是自己。


去愛吧，不然你將失去許多，

比從前失去得更多。

去愛吧，當你愛著的時候，你才是你，

最美麗且唯一的個體。

# 給下一個人

我曾住在威尼斯一個月。曾經到過幾次的威尼斯讓我上癮，因此再次造訪威尼斯時，我決定不要住在旅館，而要找間普通人家借住。

在深夜抵達威尼斯，我去了房東寄放鑰匙的咖啡廳。未來將住一個月的房子距離咖啡廳只有幾步的路程。咖啡廳老闆確認我的名字之後把鑰匙交給了我。

進入黑暗的房間打開燈，把行李搬進門內放好，我檢視了房間四方。小小的桌子上放了一個包裝精美的禮物。瞬間我還以為我找錯房子了。

便條紙上只寫了：「給下一個人」。

我洗完熱水澡之後睡了。

隔天早晨，散步途中買了一瓶牛奶跟一本筆記本回家，

我在門縫間發現了一張不知是誰夾的紙條。

——早安，每天早上我都會坐在你昨天拿鑰匙的咖啡廳裡看報紙。如果你看到這張紙條，可以在今天或明天來找我嗎？房東留。

我跑去咖啡廳。既然是借住一個月的房東，我當然有充分的理由去見他。我們握了握手便坐下。我和他聊了些我搭了很久的飛機、以及自己輾轉難眠，以至於清晨就醒來的話題。

房東突然問我，有沒有收到什麼禮物。禮物？恰巧我也想問這件事。既然房東說那是一份禮物，於是我問他那份禮物有什麼意義。

　房東從十幾年前開始把自己的房子出借給旅客，大約是第三個或是第四個房客，他離開時留下一份禮物，並寫了一封信給下一個人。

　──我住在這裡幾個月的期間作了許多美夢。就在此處，令人讚嘆的威尼斯。希望你也和我一樣，體驗許多美好的旅程再離開吧！

　那之後，住在這裡的人們離開時都會留下一個禮物才走，無論是一瓶葡萄酒、一條手帕或是自己讀過的書。大家都以這種方式來向下一個人表達自己從不認識的人那裡獲得禮物的感謝。旅客離開後，前來打掃的房東見了桌上擺的禮物感到欣慰。

　我說這真是個美好的傳統，房東驕傲地笑了。我回家之後拆開禮物的包裝紙。獲得不認識的人送的禮物有些奇妙的悸動。是一個手掌大小的便利貼，有著貢多拉船的水彩畫圖案。

　我就像獲得一大幅威尼斯地圖般的感激。在我離開時，會將這份感謝傳給下一個人，下一個人再繼續傳遞，這件事會永續留傳。一想到此，我的心情澎湃不已。

　我準備離開此處，由於希望下一個旅客不要像我一樣餓肚子，於是我放了一包義大利麵在桌上。此外，我也沒忘留一張紙寫著：「給下一個人」。

　和著感謝的拍子將喚醒更多的感謝。

別認為自己一無所有。

別相信一無所有的自己是不幸的。

門外的路都是你的。

你只是在假裝不知道自己擁有那些事物而已。

# 墜落的鳥

鳥飛走了。我說，鳥飛走了。

想著所有的一切都不算什麼，牠就那樣飛走了。

用泥土蓋的鳥巢算什麼，不要也無妨，牠如此相信著。

即使換了誰來住自己拚命蓋的巢也無所謂，牠如此相信著。

用泥土蓋的巢就只有泥土而已，就算去了別處再度歸巢，

等著自己的也不過就是泥土，那又何必死守這個家呢。

牠想化為一股輕煙。

牠不知道自己就是一股煙卻仍努力模仿輕煙而飛，

多虧於此，牠也失去了回來的地方。

既然決心要分開，重新回來又有什麼了不起的呢。

當牠想著很久沒吃飼料時，

飛回陸地吃飼料並不是為了讓身體休息，

而是為了讓自己能飛得更遠。

飛翔是牠的全部，既是牠所有的力量，

也是牠絕不會說出口的像耐心般的東西。那是趟驚險的飛行。

難道是決心赴死嗎？若是想要活下去，會像那樣飛翔嗎？

人們仰望天空，擔心著牠飛翔的方向。

到底為了什麼才那樣懇切地飛呢？

一定要有理由才行嗎？

就算有原因，這個世界又能接受那些解釋嗎？

在某個瞬間，鳥直直地跌下來了。

墜落時牠只想著世界上唯一的一個誘因。因為那是最後了。

既然是最後了，全世界有誰會不去想結局之後的事情呢？

結束這趟衝動又直覺的流浪，

牠將重生為一個與衝動和直覺的流浪完全無關的存在。

鳥在下降的時候，沒有任何悲鳴，過不久就全身僵硬了。

牠的四周圍了許多人，他們議論著牠那瞬間所發生的不祥之事。

我飛走了。我說，我飛走了。

# 吸引

我曾經問過一個人關於他的職業，他是我偶然在巴黎的咖啡廳裡遇見的青年。

青年回答道，自己的工作就是在巴黎旅行。

事實上他是巴黎當地人，

但他卻毫不猶豫地說出這個答案。

我問他旅行的經費該如何賺取，他說他靠著打些零工，

用那些收入上過艾菲爾鐵塔，也去過博物館或美術館。

雖說是旅行，其實是沒有目的地一去再去相同的地方。

他究竟登過幾次艾菲爾鐵塔呢？

爬到蒙馬特的山丘頂端，向著巴黎大喊「我愛你」，

隨即自己又彷彿回答般的點頭，這件事他究竟做過幾次呢？

巴黎確實擁有許多的風情。

透過閃爍的光芒跟吹拂的風所接觸的巴黎，那並不是它的全部，

擁有多種面貌的都市正是巴黎。

每天都能接觸到不同的表情，

這件事甚至也成了巴黎居民們每天的功課。

我偶然在巴士底廣場的附近遇見那個青年。

我先認出他，並開心地想和他握手。

正在用噴水池的水洗手的他連忙用褲頭擦拭雙手。

「你在旅行嗎？」

「我在生活。最近沒有工作，不過我很快就會出發了。」

「去哪裡？」

「巴黎！」

# 「阿飛」的曼波 *

你是在三月的某個春日，跨越教室窗戶朝我走來的孩子。
你身後灑落的陽光太過炫目，
讓我沒能好好地睜開眼，你就這樣拍拍我然後離開。
不過那還好。
你走路的姿態、速度，以及你的背影，
如果是這種程度的信號，我想我完全能夠瞭解。

你是那種每到下課時間，就大步地走到前面，
擦拭黑板的孩子。
沒有任何人命令你，讓值日生做就可以了，
你還是擦了黑板。
雖然孩子們對此議論紛紛，但是我並不討厭那樣的你。

……我喜歡那樣的你。

我，對你說道：
「你如果覺得擦黑板很累的話就告訴我。我可以幫你擦。」
接著，你對我說：
「不累。把那麼多的字全擦乾淨是一件非常舒暢的事。」
「爲什麼？你有什麼煩悶的事嗎？」
「都很煩……什麼都煩……」

別感到痛苦。
就算痛苦，也要在十分鐘之內狠狠痛完。
當你想將痛苦轉嫁給他人時，那個人也會開始痛苦。
別以爲他人不會感到痛苦，就將自己的痛苦全都傾注在他身上。
那個人所遭受的痛苦會以倍數成長的。

所以你現在不在那裡了。
就連四目相對都感到抱歉，所以你遠離了，
到了沒有任何人的車站，穿著「吊嘎」，
或許你正獨自跳著曼波舞也說不定。
就算跳舞也別一個人跳，和自己的痛苦一同舞動吧。
一直跳到自己不再感到痛苦吧。

＊電影《阿飛正傳》中，飾演「阿飛」的演員張國榮在電影中有一幕即為穿
著背心式內衣跳曼波。

第貳拾肆話
我走了

待在有如巨大魚缸般的城市裡，呼吸著沒有濕度的空氣時；將不能洩露給別人的祕密說給一個不想跟他分享這段談話的人時；突然想將圍繞在我四周的一切都放下時；在深夜裡醒來，莫名想確認自己帳戶存款時；走進粥店點了一碗粥，等待的時候老闆遞了報紙過來，我卻不願看到新聞頭版時；當我聽到，用肺部呼吸的鯨魚在生病時，鯨魚同夥會將病痛的鯨魚推至水面上幫助其呼吸時；靜靜觀察蝸牛用牠蜷曲的身體走過的漫長痕跡時；無人的深夜裡全裸浸在海裡漂流卻沒有任何感觸時；聽到別人說這個世界上只分成男人與女人這種牽強的道理，以及世上所有事情都是有關男女的話題，卻不得不同意的時候；

　　明明就確切地知道等待的是希望，卻在希望來臨前就感到厭倦的群眾；明明是白天卻感到前方有著不見天日的黑暗，因此而害怕白天時；吹著甜美的風，身體變得溫暖而想閉上雙眼時；某樣裝滿的東西被翻倒時；搬家後，隨意掛在哪裡都可以的畫作需要他人幫忙才能掛好時；雙方產生情感、心靈相通，因此不想在月光下走向分離道路時；沒有明確理由卻發愣地坐著打包行李時；想要就此一直一直走下去，不想再回頭時；突然沒有任何來由與對象而心生感激時；隨著月亮的陰晴圓缺而反覆花開花謝的院子裡的花朵，某一天突然說該回去了的時候；似乎永遠再也見不到某人時。

# 愛情的歷史

## 1.

船靠岸了。因為這艘船是從遙遠的彼方出發的，船上裝滿了許多行李。或許從前不曾有過如此滿載行李的船隻吧。或許從前也不曾有過如此久未靠岸的船隻吧。雖然沒有人迎接這艘船，駛進這陌生又荒蕪之地的船隻仍然宣告著自己的到來。

我在那裡遇見了妳。之所以會遇見妳是因為妳就在那裡。回想當時妳是個很會表達的人。妳不會吝於表現自己。同時妳也是很分明的人。

因為妳曾在我送妳整箱的花朵時，拔除了長得不好的花之後，裝進其他的花。懂得將自己的情感表現得鮮明的人，是成長得很好的人。有時，那些分明的表現比幾行詩句來得美麗。

妳是個室溫一般的人。妳不是那種像是放在冰箱裡好一陣子的冰冷的人，妳也不是用微波爐急速加溫的溫暖的人。妳是很高的人，我指的是心靈的高度。

此外，妳是個擁有諸多喜好的人。

為了掩飾我所討厭的東西，所以妳喜歡的東西才漸漸增加。妳甚至是個懂得品酒的人。

「你知道為什麼喝了酒之後心情會變好，且變得誠實嗎？因為喝酒會讓人變成笨蛋。」

我說的話是妳從來不曾想過的事情，妳笑著說妳其實一直以來都是如此。妳也是個付出許多的人。我想，妳擁有我所沒有的東西，這件事本身雖然不那麼好，但是我第一次遇見這樣的人，因此我每晚回家都在畫妳。

妳相信愛情是永恆的。相較於此，我比較屬於相信愛情並非永恆的那一方，但是妳卻說我的想法也不是壞事。最重要的是，妳是個想待在我身邊的人。妳的習慣是會去觸碰維繫兩人的繩索，而我的習慣是每當那種時候就把繩索拉到我前方。儘管如此我仍不希望我們彼此變得緊繃，那是我的想法，或者也是習慣。


2.

　　離開某個光鮮亮麗的場合，我們走進黑暗小巷一個勁兒地嬉鬧。買了一包洋芋片，我說了假設的話：「要是洋芋片沒有撒鹽巴的話怎麼辦？」因為太喜歡鹽味的洋芋片，所以我們認為那個假設是絕對不可能的。那個夜晚，我們用洋芋片在黑暗的石子路上排列出「我愛你」，然後兩人就逃走了。

　　妳和我都必須重新回到有人等待著我們的光鮮亮麗的位置，無論是穿著高跟鞋的妳，還是穿著新皮鞋的我，都再也無法走回我們走下來的那條上坡路了。

必須畫完十幅畫才能獲得居住在那裡的資格，但是我只畫了最初的幾張畫，第十幅畫我卻遲遲無法完成。

　　就在我無法結束第十幅畫的期間，我對妳說：

　　「可惡，聽說以前我們都是無人島。當時我們認為島上除了我們再無其他存在，所以我們沒跟任何人交往，以前的我們就是那樣獨自一人。一個人生活實在太辛苦了，於是我們想著，要不要接近看看別的無人島。無人島開始接近彼此，這才變成了一片土地。曾是無人島的我們遇見了其他無人島，所以我們便不再是無人島了。」

　　為了聽我說這段故事，妳似乎坐得離我更近了。

　　「後來，土地連接在一起，分開的天空也合併在一塊，天空之下的人們開始過起生活。接著，那些人也開始相愛了。雖然我們像是被某種東西吸引著，實際上是我們正在使用與消耗著體內所散發出一股名為愛的情感。」

## 3.

下午五點喝著伏特加，吃著長得像窗外上弦月的牛角麵包，再來一杯兩倍濃縮的義式咖啡作為晚餐時間的結束。這是某個傍晚的純粹組合，為了和妳道別，我走過種植白樺樹的路，敲了妳家的門。

「我想我不曾比現在還要幸福，也不曾比現在更加渴望，所以我打算離開了。」

人們都說留下來的人會更加心痛，這不過只是預設與推測罷了，我第一次體會，離開的人也會心痛，一時悲從中來。

到了船隻要離開的時刻。船無法把載來的所有行李再度裝回去。要將卸過一次的行李完整地重新裝載不是一件簡單的事。不僅是那些行李，還有其他增加的物品。此外，因為我沒能完成那十幅畫，所以我也沒資格把畫作搬上船。船開走了。到了啟航的時間船隻就會離開，但是沒人知道那艘船接下來會抵達何方。

我沒有朝著船行駛的方向，我佇立著，望向我曾依靠、有妳所在的那幅風景，不知道對著誰喃喃自語。

「停泊是很危險的。那就像心臟停止一樣，是一件非常危險的事。」

為愛所使用的兩千八百多個單字、摻入六百公升感情的酒、接近 4G 大小的歌曲，我決定不把這些裝上船，一邊如此唸著。

「無論是誰都會有美麗的時光。無論是妳、我、鳥、樹木，或是任何人，都一定會有美麗的時光。那是值得記住、追憶與珍藏的事，那是擁有力量與情感且充滿光亮的事。以為會就此錯過，以為能隱藏感情，卻再次觸動心弦……僅僅是如此就已經是非常美麗的時光了，它像是在我的身上灑了檸檬汁一般……」

# 511W22ND STREET,
# NEW YORK

若非得要離別，那條路上是否太多人了？

那條路是否過於明亮了？

雨後的路是否太過潮濕了？

那條路是否太崎嶇？

那條路是否讓人難忘？

我能否在那條路上先踏出離開的步伐？

那裡是不是能讓妳駐足良久，望著我離去背影的路？

是否有芍藥花的香氣隱約拂過鼻尖？

或許只是香水而已？

還是焚燒木頭的味道？

那條路是我們問候道好的路嗎？

可是，我為什麼又再度站在那條路上呼喚著妳呢？

# 明天與來世
# 之間

「明天與來世之間，
我們終究無法得知哪件事會先到來！」
這是西藏的俗語。
這句話就有如西藏八月那刺人的豔陽天。
好比利刃割進肉裡的一句話。
我現在之所以行走的原因，
正是因爲我不知道明天和來世是誰會先到來。
因爲該來的事情也可能不會來。

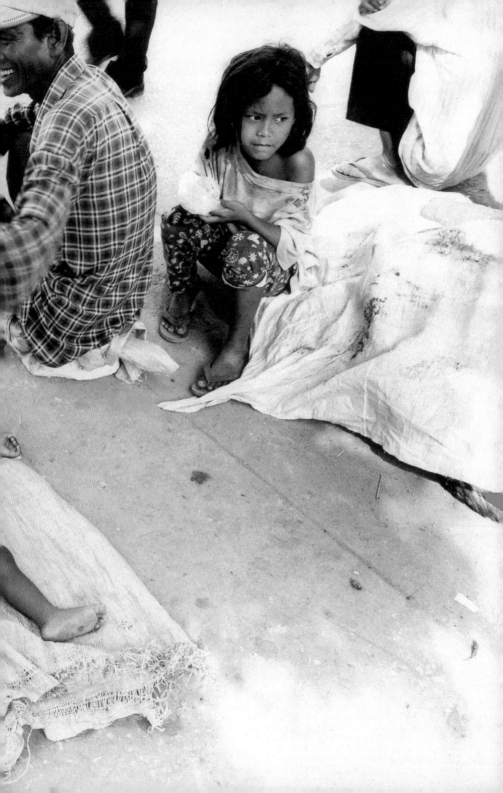

# 躺在沙發上，
# 翻滾，
# 書寫

空間
—

**巴黎的地鐵站與一個女人的獨居公寓。**

登場人物
—

### 男人
約莫二十七歲。有著無法說話的障礙。
很小就被法國人領養，因此離開韓國。

### 女人
無法得知她的年齡。
以感覺來判斷大約是三十歲左右，她是沒辦法看見東西的法國女人。

# 地下鐵的月台

男人正在牆上貼海報。
一列電車進站，卸下一批旅客之後再度離開了。
盲女手持拐杖一邊探索四周，一邊經過一個男子。
喀啦，喀啦 —— 地下空間裡傳來盲女的拐杖聲。

此時，不遠處和主人（男）一起坐在椅子上的大狗
聽見盲女的拐杖聲，開始表現出敏感的反應。
那隻狗開始大聲地吠起來。狗叫聲漸漸變得猛烈。
女子嚇得停住腳步，不久又開始前進，拐杖聲也繼續響起。
拐杖聲讓狗更加激動了，
牠掙脫主人的懷抱，衝向盲女，一口咬住她的裙子。
莫名其妙被咬的盲女驚慌地跌坐到地上。
此時，狗主人才漫不經心地緩緩走來阻止自己的狗。

在一旁目睹一切的另一名男子脫下自己的襯衫蓋住盲女的下半身，
慢慢扶著女人站起身。受到驚嚇的女人不斷哭泣。
狗主人沒有誠意地道歉。

男人看不下去狗主人如此的行徑，
瞪了他一眼並揪住狗主人的衣領。
隨後又忍住怒氣把手放開了，
他撿起掉在地上的拐杖，交到女人的手上。

女人 _ 謝謝您。因為我實在太害怕了……
我找不到路了。明明這裡是我每天都會經過的地方啊……
（女人到處張望，試圖找回空間感。）
出口在我的正前方嗎？

男人聽不懂話，也沒辦法回應。

# 女人的家


男人送盲女回家，並幫她打開家門走了進來。

男人的襯衫仍綁在女人的腰際。

女人隨意坐下，驚魂未定地喘氣，男人則是呆站著環視這個房間。


女人 _ 為什麼從剛剛到現在你都不說話呢？

男人 _ ……

女人 _ 還真奇怪。要來杯茶嗎？

男人 _ ……


男人正盯著窗台邊的花盆。

植物幾乎都乾枯了。


男人沒有任何回應，女人開始察覺有些異常，是不是把奇怪的人帶進家裡了，女人產生一股不祥的預感。女人的表情霎時顯得非常恐懼，即使如此仍隱藏住自己的情緒。女人站起身，緩緩找出水壺，裝滿水壺後開始燒水。她的動作不疾不徐，一邊摸索一邊進行著。她準備好茶杯並坐回桌邊。女人難以掩飾自己的不安，男人則是拿起桌上的火柴棒排出一些字母。


「我不會說話。」

為了讓女人讀到火柴棒所排的句子，男人握住女人放在桌上的手，
驚嚇的女人連忙掙扎。

女人＿你在做什麼？

心情鬱悶的男人敏捷地抓起茶杯，
敲擊茶杯製造出響亮的聲音，讓女人鎮定下來與集中精神。
女人安靜了。
男人握住女人的一根手指在桌子上寫起字來。

「我不會說話。」

坐回自己位子的女人雙手直發抖。

女人＿對不起。我不懂文字。我只會點字……但是我瞭解了。
（她露出無力卻平和的微笑。）
啊，你應該聽不懂我說的話吧。

男人握著女人的手指再度開始寫字。女人的手指則隨著男人的動
作移動。然而女人還是不懂他在寫些什麼。

女人＿（嘆了一口氣）我們真是不幸的兩個人。

看見女人用瓦斯燒開水，男人關了火，逕自泡起茶。
（旁觀者從男人熟練的動作中，或許會猜疑他是否也住在這裡，
因為他是如此地習慣一切。）
桌上擺著兩杯泡好的茶。茶杯冒出陣陣熱氣。
隨後聽見門被開啟的聲音，然後是關門的聲音。

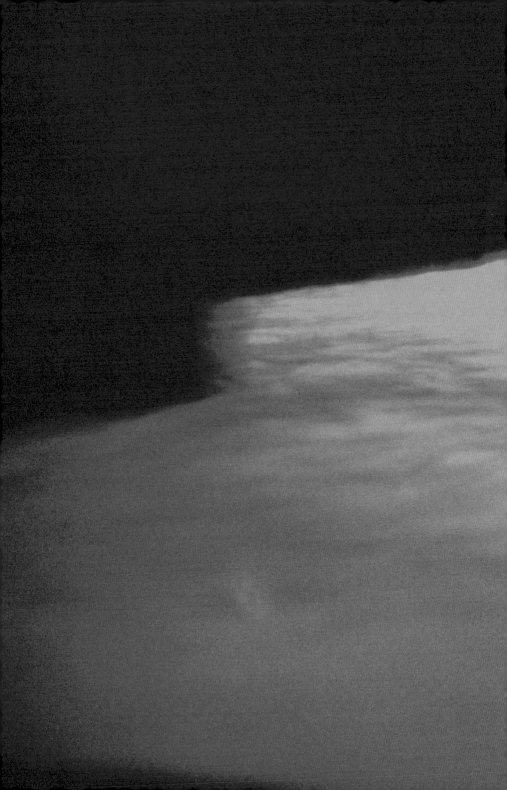

# 陸地的另一邊

西邊的加州說：

這裡眞是個讓人忘卻任何煩惱的地方。

語畢，西邊的人說：

說得沒錯！

東邊的紐約說：

這裡真是個讓人感到寂寞的地方。

　　語畢，紐約客說：

是啊。的確，沒錯。

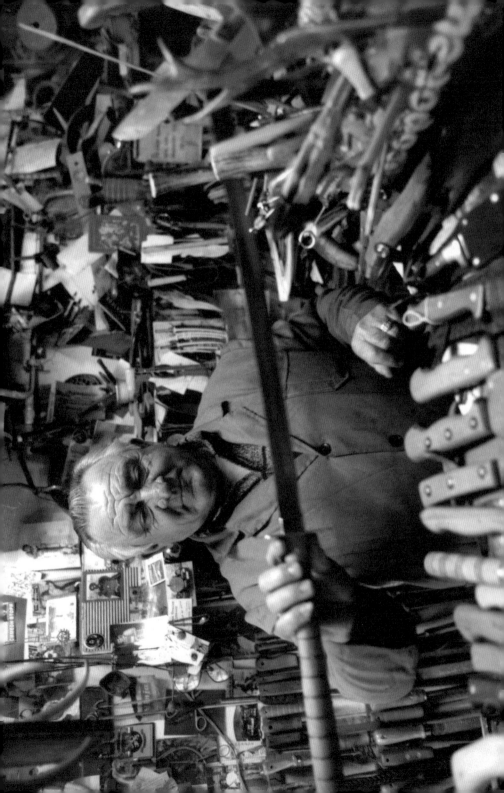

# 山坡

我住在巴黎時，曾有一段期間住在貧民區。

那裡住著許多阿拉伯人與黑人。

即使因為飢餓而找上店家，

能找的不是阿拉伯商店就是非洲商店。

我曾在深夜聽過幾次槍聲，過了晚上 11 點的街邊，

會出現一處隱密地販賣大麻的地方。

我常去的阿拉伯商店是賣食品的地方，

那裡的爺爺總是大聲播放著阿拉伯音樂，

不僅賣菜、肉，也賣牛奶。

當然，那邊也買得到我喜歡的葡萄酒和罐頭。

我曾經多次詢問那個爺爺的故鄉在哪裡，

但是我卻從沒聽過他說他的故鄉是何處。他是有聽力障礙的爺爺。

不知道是不是因為戴著厚重眼鏡，

他總是顯得疲困。一點小事就能讓他生氣。

總之我很常光顧那間阿拉伯商店。

後來的某個深夜，我漫步在瀰漫顫慄氛圍的街道，

看見爺爺拉著載滿報紙跟雜誌的拖車。

這也沒什麼奇怪的。

若是要對爺爺的奇人異事挑毛病，那可是會沒完沒了。

就在那時！那家商店的二樓下陷了。

因爲二樓整層都崩塌的緣故，爺爺就那樣被壓死在底下。

二樓實在是堆太多書了。

我路過商店前面目睹了所有一切，不禁哽咽起來。

或許爺爺會被載到別的地方吧。

貧窮的人們所擁有的一切都被攤在眼前，一家塌陷的店也是如此。

從二樓掉到地上的物品，

也就是二樓內部堆積的書堆，

我竟在書堆中發現我曾經讀到一半就丟出窗外的韓國雜誌，

這件事讓我整個人都腿軟了。


於是我獲得了一些教訓，爲了活得更好必須要時常丟棄一些東西，

即使我死了，也不希望看到任何人爲此而哽咽或是腿軟。

這是阿拉伯爺爺所帶給我的啓示。

# 沒關係，那哪是問題

1997 年的某個夏日，接到一封從埃及飛來的信。信封平整，郵票與郵戳看起來像是遙遠國度的物品。信封上的名字很熟悉，是從前在印度時和我一起去冥想教室的英國人，S。有著一口整齊的牙齒，純潔的笑容散發出一種陌生的浪漫感。到土耳其出差的我把夾在記事本裡的信件拿出來。我決定把回韓國的機票延期，飛到地中海旁的埃及。

過了凌晨兩點總算抵達開羅市區，好不容易找到旅館的我幾乎整夜沒睡。因為跳蚤，躺在床上不過十分鐘，身體就開始發癢，實在太不舒服了，導致我想再坐回床上的心連帶消失殆盡。若是不把整張床換成新的，就算換上新床單也似乎無濟於事。這裡連自來水也沒有。（脫光衣服走進浴室，轉開水龍頭卻沒有水，竟然被自來水背叛了！）我害怕床上的跳蚤，只好坐在椅子上等待天明。多虧如此我才能見到開羅的日出。就連一座山也遮不住早晨的陽光。太陽升起，人們開始三三兩兩地來到旅館的前面。因為我是凌晨到達的，所以我並不知道這間旅館原來位於市場中心。我從窗子望向外面，看見了鐵軌，沿著鐵軌約一公里左右的距離有一個火車站。

我在旅館的大廳閒晃著，計程車司機向我走來，說是要帶我去看金字塔。比起金字塔，我更想去找 S 給他一個驚喜。我把 S 的住址給司機看，他立刻表示那個地方距離這裡不遠。計程車價格不貴，更重要的是，我必須快點找到 S，才能好好展開埃及觀光，於是我搭上了計程車。計程車走走停停了好一陣子才終於脫離市場。時間還不到早上九點，市場已經像巴黎的肉販聚集地一樣擠滿熙來攘往的人潮。

　　S 不在了。是啊，距離收到信的時間已經超過十個月了，他不在這裡或許還比較合理也說不定。我並不慌張。如果這趟埃及旅程是爲了見他才來的，我會提前寫封信給他，確認收到他的回覆才上路。雖然我不慌張，然而沒事可做的事實讓我開始變得不安與焦慮。我還沒準備好去看金字塔，也不那麼地渴望。

　　決定再待上一晚之後，我搭上計程車，前往金字塔的所在地：「吉薩」。司機不停和我搭話。言談間不斷說到要帶我遊遍開羅各地，他想從我身上大賺一筆的意志就如同眼鏡蛇伺機而動一樣。我打斷了他不斷絮叨的舉動。但是他仍然說個沒完。我大吼，要他立刻停車，否則就安靜一點。

　　金字塔到了。跟我預料的一樣，沒有太大的感動。是一個十分無聊的景點。除了風吹沙讓我偶爾咳嗽之外，站在金字塔前的這件事對我而言仍是生疏且渺茫。人面獅身像也是一樣。即使我再怎麼努力與人面獅身像交換眼神，我還是不知道我到底來到了怎樣的地方。

從那之後就靜默的司機拿著一個棋盤，到處找人和他下棋。由於他下棋的緣故，有許多時間我都在等他。或許是因為剛剛我的大吼，之後的一整天他真的什麼話也沒說了。

再度回到市場。和早上的市場不同，現在的此處像是經歷了一場風暴。受到強烈的傍晚陽光照射的蔬菜與食物都變得像中毒一樣，攤倒著拒絕被販賣。跟人潮相較之下，幾乎難以見到買賣的行為。我這才開始細細觀察埃及人的臉龐。是什麼折磨了他們，許多人的臉孔就像是上了特殊化妝一樣，顯得淒涼且堅毅。霸氣在這其中消失蹤影，每個人都像是營養失調般的微躬著身軀。

我聽見阿拉伯音樂。身旁經過了一個老人用拐杖敲打著拍子，哼哼唱唱。那是一家一坪左右，賣著卡式錄音帶的小店。那是健康女人的滄桑歌聲。我聽著無可挑剔又高亢的女人聲音，不禁停下我的腳步，沉醉在她的音樂之中。小店的老闆從我臉上的表情中讀出了感動，拿了一卷錄音帶給我。那上面滿是阿拉伯文，附上一張顯得陳年的女人照片。她的名字是 Ummu Kareushyum。我買了三卷錄音帶放進我的皮包，心情也變得輕鬆許多，這讓我想起了 S 不在這裡的事實。我是來旅行的，還是來找 S 的？真希望能找到一個酒肉朋友，告訴我，無論是來看金字塔或是來找 S 的都不要緊。我還希望這個朋友可以對我說：

「沒關係，那哪是問題？」

抵達埃及之後的當晚開始，埃及人的騙術如影隨形。就連問路也沒有人會認真教我怎麼走，我必須問過五個人之後，在其中選出最多人回答的答案，朝著那個方向走才行。

我到埃及南部的亞斯文時，甚至有人拿著機關槍在路上掃射，造成四名旅客的死亡。要在那種沒人敢上街閒晃的空城一般的地方待著，實在不是件容易的事。

　　明天早晨，我要離開，無論何處。只是，可以的話，希望去一個不是埃及的地方。隔天清晨，為了搭乘前往開羅的火車，我到了車站。人們為了搭上第一班開往開羅的車，聚集在亞斯文站。寒冷的清晨，躺在車站地板睡覺的乞丐也因寒冷而醒來。乞丐穿著幾乎無法禦寒的單薄上衣。一睜開眼，他便若無其事地撿起地上的麵包屑往嘴裡塞。他看起來很餓。此時，一個男人經過乞丐的身邊，走了沒多久又回頭，他二話不說地把手上布袋裡的東西掏出來，在厚厚的布袋下方剪了三個洞。接著，他將袋子上下顛倒，替咀嚼著麵包的乞丐套上布袋。啊！那對寒冷的乞丐來說是一件衣服也是個完美的禮物。不忍心見乞丐如此寒冷，於是為他穿上雖然無袖卻溫暖的衣服。男人露出非常滿意的笑容。我向前和他握手，希望可以和他變成長久的朋友。

　　突然，我想起了從前某個時間、某個地方，為了睡覺，把布袋剪成兩半蓋在身上的兩個人，以及一邊分食著麵包，一邊努力不讓麵包屑掉在地上的兩個人。一件發生在中國的廣州，另一件發生在摩洛哥的卡薩布蘭卡。

　　從他人那裡得到的心意的表徵，乞丐應該可以暖上一陣子了。若是有誰能給我心意的表徵，那份貴重的心意能讓我一直溫暖下去就好了。

# Something
# More

想擁有某樣東西。為了尋找某樣東西而奔走。
相信那樣東西一定是越多越好。
但是我們並不知道,
什麼是我們該多擁有的東西,
是什麼讓人一一地推翻他人
卻仍想擁有、撫摸的東西。
沒有標準答案。
因為沒有標準答案,
我們才像這樣苟延殘喘。
Something more……
那樣東西可能存在,也可能不存在在世界上。
那樣東西究竟是什麼,既是如此自由,
卻又讓人無法脫離。

# 爲什麼這樣

我的人生爲什麼這樣，請別如此自責。

不是人生之中出了問題，

「我爲什麼這樣……」說這句話時，總是在挑自己的毛病，

這才是問題的癥結點。

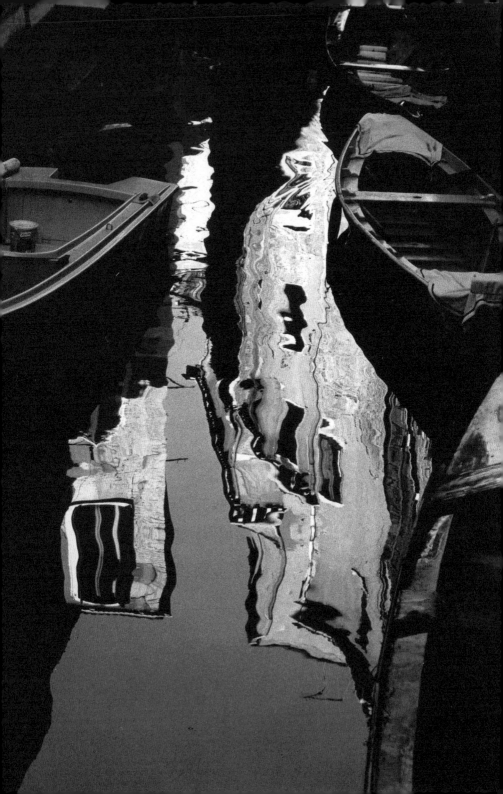

# 回頭

　　無論是誰，離別的時刻來臨，總是本能地向後看。往後看的同時反而總是被自己糾纏住，可以的話，真希望將之前所有的忙亂留在那裡之後便轉身離去。正因如此，回頭成為一件苦澀的事，就像跨越深深的河流一般，那是一件根本就不應該開始的事情。

　　對我來說那件事有些久遠，因此記憶也模模糊糊了，東歐的一個攝影家的作品卻原封不動地留在我的心中。那位攝影家的作品是以「搬家過後的房子」為主題，將搬家後的樣貌展現在印刷上，他的工作過程持續了幾年，作品展現出搬家之後的通透與空蕩。搬空的寢室裡，地板還留有滾動的塵埃、釘子、頭髮，以及沒有拆下、隨風飄蕩的配色奇怪的窗簾，還有一個媽媽趁著孩子不注意丟掉的熊玩偶，那個玩偶的縫線都破了，連棉花都露出來。藉由這些圖像，人們得以窺視過去翻找生活中的聲音、即使搬家仍會伴隨著相當程度的痛苦的這類感傷的事實，就連移動家具時劃過地面的痕跡也展現在他作品裡。這樣的照片之所以吸引人，自然由於它們是一種「回頭」。用低的視角去觀看搬家後的空蕩房間，心靈的某處也變得空虛，因此有股衝動想走進空蕩的房間裡，過著往後的生活，是的，那些照片就是有這股魔力。

停下腳步佇立，總是不停回頭張望。
回頭能讓我得到相較我往前看的風景，
截然不同的感受與景色。
原來我看過、經歷過的事物是那麼一回事啊，回頭超越了如此單
純的問題。
因為那會讓人乾脆呆站著發愣，也會讓人在原地躊躇不前。
若是我不回頭的話，那些事物也將會被埋在過去了。
那些東西將變得什麼都不是。
只要我不回頭、不將自己放在過去的話，
人生的新頁便不會找上我。
也或許重要的東西都存在於回頭之後也說不定。

# 把什麼
# 遺忘在那裡了

曾經有過這種想法。

到了某個遙遠的地方旅行，把自己認爲十分重要的東西就那樣，

遺留在那裡。如果那是我終究無法拋棄的東西，

究竟我會去把它找回來？還是不會？

儘管我想了許多次，若要問我下了什麼結論的話，

如果那只是個單純的物品，那麼我必須先計算機票錢，

也需要考慮時間上的問題……

如果只是一件東西，以結論來說，我似乎是不會去找回它。

如果是人，問題的主角變成了人，我想答案會有些改變吧。

不對，不會只有一些，而是會有非常大的改變。


如果我把重要的誰遺留在那裡，

或是我所喜歡的人留在該處時，

無論遲早，我可能還是會重返那裡的。

雖然我無法保證能將那個人帶回來，

但是，因爲是重要的人，我還是會飛到那裡的。

或許我不是唯一一個擁有這種想法的人吧。

# 玉米少年

光是名字就讓人心跳加速的國家——祕魯。

祕魯的位置在安地斯山脈三千四百公尺海拔，因此呼吸不易的事實，以及那裡住著美好人們的事實，這兩點讓我停留在祕魯的期間感覺自己的心臟彷彿不是普通的心臟，而是時常澎湃悸動的心臟。

前往馬丘比丘的烏魯班巴溪谷的火車在早上六點出發。晨霧還沒完全散去之前，祕魯的原住民們一早來到車站前，準備要賣些東西給觀光客。

我在這些人之中見到了一個少年。他的面前放了一籃蒸熟的玉米。我懷著愉快的心情很快地拿起一根玉米，還沒付錢我就大口啃起了玉米。那個玉米粒比我們平常所吃的還要大顆、美味。我拿出十塊祕魯幣想付玉米的錢，少年表示他沒有那麼多零錢可以找給我。我也對著他做出自己沒有零錢的動作。

少年尷尬了好一陣子之後，要我把玉米帶走，不需要付錢。我雖然感到愧疚，卻也沒有其他方法，只好拿著咬了一口的玉米離開了。

接近出發時間，車站前也開始聚集了許多人。我的心裡總覺得抱歉，於是我一一地向路過的外國人詢問能否和我換錢。

總算換到零錢之後，我前去少年所在的位置，卻不巧遇到警察取締，少年也因此消失到其他地方了。

　　從烏魯班巴回來的那天晚上，我又再度在車站前遇見那個少年。或許是整天下來沒有太多的生意，籃子裡的玉米幾乎沒有減少。

　　我走近他，把我稍早沒付的一塊祕魯幣給他。

　　少年雖然很感謝我，卻仍然沒收下那根玉米錢，少年的舉動讓我的歉意一點也無法消滅。

　　於是，我走進一家小店買了兩罐飲料。我把其中一罐給了少年。

　　第三天，我為了離開庫斯科並前往其他城市，一早便來到車站。那天，少年同樣也在清晨帶著蒸熟的玉米坐在車站前。我想起之前吃過的玉米，肚子咕嚕咕嚕地叫起來。

　　我經過少年面前，開心地對他笑著。少年似乎還記得我。因為我必須離開美麗的庫斯科了，於是我朝著他揮了揮手。

　　走了好一段路，我發現後方似乎有誰在呼喚著我。

　　回頭一看，少年拿著一個袋子，裡頭裝了兩根玉米，他把袋子遞給我。我竟以為他是要向我兜售玉米。我真傻。因為我當時拿出了我的錢包。然而，少年搖了搖雙手，示意我把那些玉米帶到火車上吃。我的心中某個角落變得跟我手上提著的玉米一樣溫暖。

　　我必須好好記住的不只是那份溫暖，不只是少年的微笑，還有我們之間超越實質的交流。

　　以後，只要我到陌生地方旅行，遇到語言不通的時候，我只需要買兩份一樣的東西，把其中一份裝滿了我的心意的東西交給別人就行了。同時，燦爛地笑著。

# 美好風景

　　在美好的風景前，有一隻停留許久才離去的鳥。

　　那隻鳥將此幅美好風景放在心裡，之後在生活中，
若是遇見自己的另一半，牠會將牠帶往那片美景，
在那裡過完彼此的餘生。
這是個雖然美麗，卻有些悲傷的故事。

# 逃來印度
# 的人們

　我認爲，一個人若是討厭很多東西，那他喜歡的東西也會很多。
妳呢，討厭砂糖、太陽眼鏡、狗、還有死亡，妳是那樣的。

　妳討厭那些在陽光閃爍之下似乎就要融化腐敗的事物，然而事
實上妳的許多部分也是如此發光。雖然短暫，但那卻是非常明亮
的光芒。不過我並不愛妳的那些部分。雖然我曾幾次仔細觀察妳，
就連這件事也不太容易。妳和我短暫停留的地方，日落時間尤其
長，妳以此爲藉口擁抱了我好久，在那裡，占據江邊的人們究竟
是在焚煙或是烹煮些什麼，我們無法得知，那段時間我們什麼話
也沒說，也沒有移動。我雖然幾次試著擁抱妳，後來我想，還是
讓妳來擁抱我比較適合。

　人們守在街道上已是第三天了。我們也和人群一起並肩坐在路
邊。警察特別把看起來是外國人的我們叫了起來，希望我們不要
在這裡攪和，不過我們卻平靜地回應了他。我們微笑說到，我們
會比其他人群還要和平、安靜地坐著。其實我們也不懂，人們是
爲了什麼而示威。

下雨天，妳找來我家，說著自己很害怕，這樣的情形大約有三次了。第一次，妳找我去了一家茶店。第二次我讓妳進來我家；我曾問過妳，下雨有什麼好害怕的。她一邊喊害怕，一邊拉緊自己的衣服。我對她說，那不叫害怕，那是冷。接著我把帽子脫下戴在她的頭上，或是與她並肩坐著，或是讓她喝點溫暖的飲品。現在不害怕了吧？但是她還是直喊冷，不，是喊著害怕，同時一口喝下香草茶。

她做的料理不太美味。然而，畢竟是住在印度，也只有她做的飯比較合我的胃口。她非常討厭我準備餐點、我做菜時碗盤碰撞的聲音、以及我切菜的這些事情，因此我只好在她身後看著她忙東忙西，並對她所烹煮的那些味道感到安心。我不吃飯，我只聞味道。就算不入口也能下嚥的味道，讓我整晚都有飽足感。

在她的身上無法發現任何吸引男性的異性魅力，但是她的身旁總是不乏男人。我不清楚，她的穿著、她的身材，除此之外的其他特質，看在別的男人眼裡是怎樣，我只知道，很多男人想跟她睡。雖然我曾經幾次裸著身子躺在她身旁，她也曾裸體躺在我身邊幾次，我不會想，現在有誰躺得離我很近，反而會覺得，我的身體真赤裸，或是，我脫下來的衣服上滿是味道，這些是我唯一有的念頭。我也跟她說過我的感覺，她似乎有些在意我說的話，然後，向我道謝。但是，我反問，我是沒希望的，甚至妳也不是我的希望，妳的那份感謝又有什麼用呢？那天，是我第十多次思考自殺的事，若我付諸行動，與我最親近的妳就必須幫我褪去衣衫，一想到此，我就感到相當負擔。

妳帶來的碗盤旁的刀子閃爍著，在感性方面，那道光芒似乎瞭解我。妳的髮梢拂過我的脖子，一點也不羞愧，我想像著，只剩膠囊的抗生素在抽屜裡跟灰塵一起滾動的樣子。那天，我沒有自殺。於是，之後的日子，我也開始對這件事感到厭倦了。

　　我常聽到家門外有人上下樓梯的聲音。那個聲音會停在我的門口，或是繼續往上走，又或是往上走到一半停了下來。我逐漸減少我想結束生命的念頭。靠在門上聽著走路聲的舉動變多了。我也變得經常往窗外看。窗外的人們總是沒有停止吵鬧的時候，所有的一切都是理所當然的，這也證明了我的百無聊賴。

　　Hirokazu 說，他以後或許不會再來這個地方也說不定，露出一副很尷尬的表情。因為他的一無所有，所以他也不知道該在這裡停留多久。尤其，他是為了找尋離開自己的愛人才來到這裡，他曾在路上遇見幾次他的愛人，卻都沒辦法挽回她。雖然我不知道他的健康有多糟，但是他說，離開這裡的原因有一部分也是因為健康考量。

　　曾經那樣說的 Hirokazu 找了一個住處。他開始出現在清早的動態冥想時間。但是他說，到了下午他的心情又不知道該變得多壞了。我在餐廳遇見他，他點了一碗粥，卻一口都沒動，他一邊數落著說要繼續冥想的德國人 Monkey Head，一邊開始用餐。我們身邊逐漸聚集一群令人聯想到雞毛撢子的不知名動物。牠們似乎很喜歡我分給牠們的香蕉。那天，十分受到我寵愛的孔雀不知道是不是睡太晚了，牠沒有出現在餐廳裡。

她大概又哭了整個晚上吧。她的臉腫得厲害。總是愛哭的她有時會對我說：「我想哭」、「我哭了」、「我又要哭了」，她總是換不同的時態絮叨著這些話。我從來沒對她生厭。只是，對於自己沒辦法分擔她的心情，我認為我也有些問題。或許她是中了什麼咒語，情感才如此誇張，然而相較於我的冷靜，她那樣確實更加誠實與健康。但是我知道，她的淚水對他人已經不再是一種武器或防備了。因為她的哭泣已然成為習慣。

　　她的生日那天，我必須打包行李，因此沒能參加她的生日派對。無論如何，天下無不散的筵席。為了慶祝她的生日，我買了玫瑰。配合她的年紀，我買了二十六朵玫瑰，玫瑰的顏色有五、六種顏色。我說，那些花就像是我們過往的歲月一樣，曾經被蟲咬過，也會凋零。她接過花束，似乎不打算數玫瑰有幾朵。沒關係，我數過就好……我懷著這樣的想法，親了她的臉頰作為離別的吻。

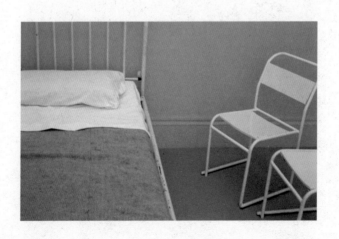

# 沙漠之歌

對我而言，「該做的時候不想做，不該做的時候想做」的事情就數沙漠旅行了。

我抵達撒哈拉沙漠的起點──突尼西亞的杜茲（Douz），向幾家旅行社打聽了有關沙漠旅行的資訊。由於沙漠旅行絕對不能單獨行動，不僅如此，隻身一人的我想加入四人一組的團體也很困難，我只好請幾家旅行社幫我留意，等他們聯絡我。某天晚上，我接到通知了。每個團員都是獨自來到此處，湊滿了四個人，所以明早可以出發了。

在沙漠的起始點有許多矮小的植物，沐浴在一早的陽光下，開著花朵。或許是因為感受到人類的動靜，昆蟲們趕緊躲藏起來，四處可見那些昆蟲的小腳印。

在無垠的沙漠奔馳了一整天，終於到了營地。那是一個以幾棵椰子樹、綠洲為中心的營地，也是沙漠旅人的歇息地。我們這個由不同國籍組成的旅行團決定在這裡留宿一晚，於是，我們將行李卸下，放在用幾塊磚頭砌成的擋風處。放行李時，我想著或許晚上毯子會不夠，悄悄地多留了幾條毯子。

到了晚餐時間，為了拿那些沙漠原住民料理，我們幾個旅人聚集在餐廳裡。那時，我看到了一個青年，他正用火爐把麵包烤得熱騰騰的，一邊發給大家。在這個營地工作的他身著柏柏人的服裝，他是一個啞巴。他被燻黑的臉上堆滿笑容，迎接著身上覆蓋沙塵的旅人。

　　他再次吸引我的注意是在營火派對的時候。在這一片黑暗沙漠中，並沒有任何的夜生活，然而他仍生起一團營火，將人們聚集在一起。他默默地做著事情，同時也不斷留意著人們是否盡興。厭倦生活、厭倦都市而來到沙漠的人們，對於他如此悉心的照料非常感動。當時，某個人看著他，說了這段話。

　　「要是那個人會說話，今晚一定會更有趣！」

　　這句話久久殘留在我的心中。真的，如果他真的能說話，他會告訴我們柏柏人的故事，或許我們還能聽到類似「沙漠之歌」的東西。那晚，就算將悸動不已的心帶到未知的境界也無所謂了。

那個夜晚，我用幾條毯子蓋住身體，仰望著夜晚的星空，靜靜地想，一個人沒辦法說話的事，以及這件事的如霧般的深淵。我羨慕沒辦法說話的人。我羨慕少話的人，也羨慕只說該說的話的人。畢竟在都市的生活中沒辦法做到如此，所以我羨慕。

我們一起度過了一晚，因此我們也共同欣賞了日出，吃早餐時，彼此間的界線也沒那麼深了。我們一行人之中，有個從奧地利來的人，他說自己是一名心理學家。我問，那跟精神科醫生是不同的嗎？他答，與其說是醫生，自己更像是「佛洛伊德一樣的人」。我感到興味盎然。大約是太想跟他再多聊一些了，我一邊開著玩笑，一邊說，我一直都想見一見精神科醫生或是像佛洛伊德的人。除了那位心理學家之外的兩人一致地向我問道：為什麼，理由是什麼？

我原本打算反問他們：「難道你們不需要嗎？」但是我改口說，我有些精神方面的問題。我猶豫了一會兒，便繼續說出我的故事。只要問題產生，我就會將那個問題放大；只要厭惡一個人，我就會不見他；自己老是獨自生氣等等。我列出了一些每個人多少都會有的問題。於是他說：

「說出來吧。找一個人把這些話傾吐出來吧。如果找不到人，就對自己說吧。說出那些讓自己覺得疲倦的問題與現象。如果不說會生病的。因為沒說出來才感到痛苦。」

他的處方比想像中還要普通，從帳篷外慢慢曬進來的晨光，像是一個個有生命的旋律一般的壯麗。

結束了早餐時間，大家決定空出一段時間各自散步。我替除了我之外的其他三個人指定了散步的方向。一個往東邊，另外兩個人各往西邊與南邊，而我則是北邊。

我往北邊走，低頭看著陷入沙地的腳，我大吼道：真是太喜歡這個方向了。大約散步了半個小時之後，我們準備離開營地，昨晚烤麵包又生營火的柏柏人青年在遠處揮著手。

我想，他沒辦法說出口的事情大概就跟這個沙漠中的沙子數一樣多吧。我又想，嘴裡的沙子與心裡的沙子阻擋了他想說的事。

為了自己，稍微多說一些話吧。就算是為了那個青年的份也好，再多喃喃自語一些吧。我那樣想著。

# 康后明

當時，有許多日子是早起一睜開眼就能隱約見到雪山的。

我在飛機裡向下俯瞰安地斯山脈的雪山，看得眼睛都痠了，

此時我突然想起了你。是八年前嗎？還是比這更早的事情呢？

儘管如此，我至今仍沒有放下我對你的歉意。

因為離開西藏的所有飛機都客滿了，我必須搭乘從拉薩到格爾木的公車。根據其他國家的旅客的說法，那要花上三十五小時到四十小時左右。不順利的話可能要搭更久。我在那班車上遇見了你。從你的穿著看得出來你是軍人，那天是你的休假，要回鄉的話，必須先搭上這班公車，過了約四十小時後，你要換乘三次的火車，五天後才能到達故鄉。所以我才和你搭話的。五日間朝著故鄉前進的你的心情跟我很相近的關係。一開始我似乎有點防備你。明明是一個中國軍人，卻來到別人的土地上，究竟你是想要駐守些什麼才被分派來西藏的？我原本想這樣挑釁你。

在公車上度過夜晚並不是件容易的事。有些人會帶著棉被搭車，有些不認識的人會互相擁抱著睡覺，大家各自發揮入睡的智慧，我卻做不到，漫漫長夜只能哆嗦著發抖並撐過去。那樣寒冷的夜晚在那之前與之後都不會再有機會體驗到了。當然，你也是一樣。與其說是公車的顛簸，不如說是因為太過寒，所以身體才抖個不停，我們只能互相倚靠彼此大腿的溫度度過那一晚。

不過，無法入睡並不只是因為寒冷。我的座位在最後面的右邊輪胎上，瞬間彈跳了六十公分，我因此撞得頭破血流。遇到晴空亂流了。那是經過亂流地區時會一邊搖動且瞬間增強的氣流。（所以我之後才那副模樣）你還記得嗎？你在某個中途休息的小村子裡，到處問人，克服萬難地幫我找到藥局。

我應該要把你的照片洗出來寄給你的，但就在我從西藏旅行回來之後，家裡遭小偷，他把我裝有底片的相機包偷走了。雖然我的 Nikon 相機被偷走，先進入腦海的想法卻是：「噢？那裡面有底片的……」因爲你是那麼誠懇地請我寄照片給你。原先你要把軍隊的地址寫給我，不久後或許會換地方，於是你便將故鄉的地址寫給我了。你說，那是永遠不會變的地址。聽見永遠不變的地址這句話，我有些哽咽。我也想有一個這樣的地址。就算那不是我的家，也想有個像樣的地址。

「不知不覺間，我輾轉來到智利了。」雖然我想這麼寫，但事實卻不是如此。我離開家已經過了兩個月，我卻不認爲我在輾轉。我只是走著，遇見一些人，我認爲，就只是那樣而已。

若是我能再到中國，縱橫或是橫越大陸的話，我一定要去找你。雖然我僅能用筆寫下我無法守住約定的原因，我仍會向你說明。
住在貴州省貴陽的康后明。

# 喜歡

　　我喜歡把舊的衣服打包去旅行，就像穿最後一次一樣。總是想著，再穿一次就丟掉、再穿一次就丟掉，卻仍繼續洗著那些衣服的我，和那些衣服，然後，在穿上曬乾的衣服時發現一、兩個破洞，我喜歡這樣。我尤其喜歡穿上衣服的當下，布料自己撕裂的聲音。

　　我喜歡在車站裡，或火車上與人們邂逅，因為火車的離開而再也無法相見的一期一會的緣分。雖然會感到傷心寂寞，但是我喜歡那份傷懷滲入旅程的感覺。

　　我喜歡在結交了隔壁房間的長期住宿旅客後，向與他們借柴米油鹽。叨擾了幾次之後，我端出我那不像料理的料理給他們，我也喜歡這種情境。

　　村子裡的人們不把我當成旅客，反而認為我是有點奇怪的、想停留很久的人，像這樣也不壞。他們把腳踏車借給我，我則將帶來的零錢分給他們。接著，他們盛情邀我喝杯啤酒，太陽就這麼下山。因為不想自己回去，於是便留在他們離去的位置，打開筆記本，認真地看著那些與他們的對話紀錄。我喜歡如此。

公車司機把想坐在公車最後面拍照的我硬是叫到副駕駛座，車停好後，用自己的衣服擦拭著剛剛被泥巴水濺濕的玻璃窗戶。我喜歡這樣。駛在發生山崩的路段，遇到要推車的狀況，司機要大家把衣服丟掉，卻讓我例外，這樣的狀況我也喜歡。一邊介紹著自己喜歡的好音樂，一邊把錄音帶交給我並觀察著我的表情的司機，以及在超過三十小時的旅途中，替客人準備車上餐點、與客人談天的男車掌，他挖了挖自己指縫裡的汙垢，一邊打呵欠一邊說，雖然路途遙遠，不過也走了很長一段了。我喜歡這樣。

　　沒有既定期限的旅程即使有些茫然，感受自己每天都拚了命地珍惜時間，就算是錢快用完了也沒有關係。就算妳不接我的國際電話也無所謂。好不容易接通的國際電話，無論我說什麼，妳卻只生硬地回我「算了」，這一切我都覺得不壞。

　　獨自走在異國的海邊，要自己與其鬱悶不如先想些值得開心的事，像這樣下定決心也不壞。離開就像夾克的拉鍊一樣，只要把拉鍊拉好，隨時都可以出發，像這種想法我也喜歡。以及，在雪下個不停的夜，將窗戶大大地敞開，想著：「如果能跟妳一起來就好了」。一邊思考著是不是該去買酒，一邊穿起脫在一旁的襪子。我喜歡如此。

第肆拾貳話

# 感傷

那是我在巴黎上電影學院的時期。我先天就喜歡電影院勝過學校；喜歡公園勝過電影院；喜歡河流勝過電影院；喜歡橋上勝過河邊。

但是我又多了一個喜愛的地方。那裡是何處呢？是一個販賣CD、書、錄影帶和相機的賣場，名字叫「fnac」。我每天都去那裡花上好幾個小時。因為沒錢，我只買了電影，大部分的時間都只能用眼睛參觀CD、書或其他產品。

我似乎是從那個時候開始想去印度的。當時我偶然發現一張印度音樂的CD，我聽了之後變得一點都不想活了。那是後來製作《Buena Vista Social Club》的 Ry Cooder 在當時前往印度所製作的專輯，我為了聽他的音樂，每天就彷彿上班一樣的到 fnac 報到。那裡可以讓人聽一些新推出的專輯與暢銷專輯。不買也沒關係。

我就那樣聽了大約一個禮拜，卻還是發瘋似的想擁有那張專輯。當時我的座右銘是：「就算窮也要活得正直」，然而，沒錢要怎麼活得正直呢？我真不知道我當初為什麼那樣。

我把我想買的那張CD上貼的條碼撕下來，換成旁邊便宜CD的條碼之後到櫃檯結帳。如此一來，我就不用麻煩地從86法郎殺價殺到68法郎。

結帳結完了。以我用特殊方法得來的折扣價格。

但是，不知道是監視器跟拍我，還是其他方法，我結完帳走出去時，有個人把我叫住了。他把我視爲不良少年，將我帶進辦公室。

他問了我的名字、住處等資料，並告訴我希望下次不會再有這種事了。我點了點頭回答他：「我也希望不會再犯了。」當然，我內心也是同樣的想法。接著，他們問我，願不願意支付結帳金額跟原本 CD 金額的價差。

我當時差點就脫口而出：「如果有那些錢的話，我早就買了。還需要那樣做嗎？」也不知道是出於什麼想法，我請他們先幫我保管 CD。

我會再回來。會帶著錢再回來的。

聽完我的話，他們對我說，不如我們先還你你所支付的 68 法郎吧。

「不用，我是要你們幫我保管那張專輯。只要我記得不就行了。」

我勃然大怒。

當時的我不懂爲什麼他們要退我錢。總覺得收了那些錢會很傷心。

後來我再也沒去那個地方。

我漸漸枯萎的心情與沒來由的使壞，用各種方式致使我精神不振，頓悟了這個事實，讓我的心情壞透了。

當時的我似乎是發了瘋似的想去印度。

86 法郎，經過我自作主張訂出的「特別安慰折扣」後，只需付68 法郎就行了。

# 遙遠的未來

我總以為遙遠的未來只會在很遙遠的彼端。
但是竟然早已來到跟前了。

# 英國籍的
# 計程車司機

他是我在英國愛丁堡遇見的計程車司機。
我們聊些天南地北的事，突然間他向我問道：
「你結婚了嗎？」
「我看起來像是結婚的人？還是沒有結婚的人？」
於是，計程車司機說了。
「我，不會隨便猜測人的。
我這個人，是絕對不會相信眼睛所見的東西。」
他說，他會變成這樣是有原因的。

幾天前，那個計程車司機必須在很晚的時間載客，
那個客人的外表簡直不像樣，
幾乎接近乞丐的程度了。
因此載他到目的地的途中，司機一直在心中感到後悔。
「可能連計程車費都拿不到也說不定。」
到了客人該下計程車的時刻，
他支付了遠遠超過兩倍以上的車資。
司機委婉地要他把錢拿去買些啤酒回家喝……
他說，因為今天發生了壞事，
所以想多回報別人，他要司機收下那些錢……

計程車司機說，他覺得他的背有一股涼意。
然後他朝著我放大音量強調著：
「他說那不是好事，是壞事！」

不用普通的方式看待對方的方法，
只有完全地理解對方才有可能。
是的。如果能真正地理解了誰，無論時間多遲，
無論如何否認，那絕對是愛。

第肆拾伍話
如果貓咪
能夠回來
就好了

爲了留住想要離開的人，久久地糾纏之後會發現，
我想留住的不是那個人，不是那個對象，
究竟我能成功，抑或不能成功，挽留發展成一種遊戲。
然後，這場遊戲延伸成我的賭氣。
我並不是被拋棄，而是我無法留住的東西一一地增加，
這個事實讓我無法承受，於是我更加咬緊牙關緊抓著不放。
人們總是對於自己無法擁有的東西憤怒。

妳也是如此。妳爲了投入那場遊戲，
甚至沒有任何時間回顧前一晚發生些什麼。
妳不是爲了「再見他一面」，
而是要炫耀自己那份確切的熱情，於是四處找尋著他。
這一切都以戰鬥的形式包裝，有時也會以人性的純情偽裝。
全部結束之後，確認了結局的瞬間，
近在眼前的現實似乎讓人恐懼，我指的是妳。

那時，我相信我能夠將妳從絕望中拉出來。
妳捲起長長的圖畫紙，將它提起，
妳只想從紙上看一種東西。
誰能適合這樣的妳，
我想，只有像我這種慢條斯理又不優秀的人了吧。

但是，幾年下來妳都維持不變。
依舊，在路上遇見許久不見的像我一樣的人，
我就像是宅配早報裡插著的傳單。
所有的一切怎能跟幾年前完全一樣呢？
如何能夠，向著收起愛情的她，
宣示著要讓她再度充滿愛，彷彿四歲小孩的我竟用耍賴的方式，
就那樣消耗掉世界上所有的時間。
妳像是故障的玩具，
反覆做著僵硬的動作。

妳說妳到了陌生的地方過得很好。
失去平衡好一段時間的妳，似乎不知道自己的失衡。
如果妳能像貓一樣回來就好了。
但是，會變得怎樣，又能怎麼做，
妳這隻貓咪，終究沒有告訴我。

# 索然無味

要是再喜歡一點就好了？那段時間別那麼努力生活就好了？就算只有一點，或許我們就不會分開了，因為某些事情太過度的關係，才讓我們分手，不是嗎？所以這次打算改變嗎？去找那種就算改變也不至於索然無味的東西？

一旦認為鞋子變得老舊，總有一天就會想著要買雙新鞋了。不需要買新鞋也無所謂，妳有多常讓我這樣想呢？穿了很久的鞋又該如何？

幾個月，至少一個月，妳認為這雙鞋一定能游刃有餘地撐很久。然而某一天，妳卻買了鞋子。純粹因為心情、天氣，或許是超過了妳所說的時間也說不定。穿上買來的新鞋，將舊鞋裝進購物袋裡，手上提的那雙鞋該有多索然無味呢？一定是發瘋似的索然無味吧。無趣，終究還是無趣。因此，在某人的眼裡，我轉身的背影會有多索然無味？

說著討厭無趣，因而離開去尋找那些有趣的東西，想像著這種人的背影，該有多麼索然無味？

一開始，總覺得似乎沒那麼無趣才開始的，
後來卻感到無聊了，那便是愛情。
彼此給了彼此太多的不安，想付出的很多，想要的回報也很多，
所以才無法負荷。
於是愛情，變得索然無味。
那又如何？要不別買新鞋了？要不別再跟任何人交往了？

但是那是做不到的。那這樣做呢？
回到最初，請回到自己確認並不索然無味的那個時間點。
接著，無論短期，或是永遠，愛情就是愛情。
就算時時刻刻認爲那不算什麼，一定很無趣，
那樣說出口之後，就從頭開始。

想著地球的另一邊有愛，
倒轉世界上所有的鐘，回到原點。

Bienv... ...u village de Gandhi

# Gandhi Ji'S

## Restaurant Indien gastronomique

Spécialités Tandoori et Curry
ouvert 7 jours sur 7

12, rue LAFAYETTE
Tél : 01 45 23 21 52
à deux pas du métro Chaussée d'Antin

www.gandhi-ji.com

# 在祕魯
# 寫的日記

像習慣一般來來往往。我總是像習慣一般旅行。如同旅行的習慣，我之所以相信人，是因為我認為人的身上都有一把鑰匙。但是，因為我確信自己能從別人身上獲得些什麼，導致我經常遭人陷害及受騙上當。

　　昨天我在庫斯科廣場遇見的少年正是一個例子。他說要帶我去一個墓地。他是一個每天坐四小時的公車來到此處賣明信片的少年。為了掙自己的學費跟母親的醫藥費，他也提供協助給旅客並賺取服務費。他幫助了我三、四個小時，卻向我要求一台家電用品，那是十分不成比例的代價。即使如此，我還是買給他一個大小比他要求的小一半的家電用品，我沒來由地覺得這樣還嫌不足，又買了英文字典給他。直到我跟他握手道別的瞬間，我才感到自己上當了，只是我又能如何呢？我想，或許那個少年和我說的所有的話都是假的也說不定。不過，總是受騙的我也不全然只有感傷。令人感激的是，越是傷心，我越會重新想起人群，而又生出一股往人群的風景裡走去的力量。

十天前在前往玻利維亞鹽沼的公車上所遇見的一個美國人也是如此。他雖然表明自己是政府官員，但就在我請他保管我的背包，暫時離開去洗手的時候，他竟打開了背包，拿走我的太陽眼鏡。

　　我在河內的湖邊散步時，曾遇見一位大學生並和他聊了幾句，他也同樣會打開放在地上的背包；某次在阿姆斯特丹的電影院裡也是，放在旁邊座位的背包就那樣被坐在隔壁的誰給拿走了。

　　即使如此，無論是處於何種狀況，我都不會有任何「萬一」的想法。

　　一旦開始懷疑別人的話，旅行就結束了。不僅不再自由，機會也會變少。我曾經信任著我在這世界上獨一無二的朋友，他卻不信任我；我曾經相信一個人，而他需要的卻不是信任。那些事情影響著我，後來的我只好把自己的信任轉移到其他人身上。我曾經有段時期很隨便地對待他人，於是我安慰自己，受騙也是一種學習。

　　人稱書聖的中國書法家王羲之爲了磨練自己的書法，曾磨墨磨到把一池湖水全都染黑，於是大家將那裡稱爲「墨池」。如同這個佳話一樣，我爲了信任人，我會持續不斷地浪跡天涯，就在那些旅程中，希望我能找到一片信任的森林。

　　時間不長的信任是無足輕重的。那份關係只有衝突與煩悶，又因爲獨自一人，只會感到自己的卑微與輕如鴻毛，失去了自己的平衡。深淵，其實不存在於湖水或大海，它存在於人群之中。

　　不相信人的話一切就結束了。如果眞是如此，世界就到盡頭了，這片土地上也不再有任何美麗的存在。

# 聖托里尼島

　　那是我深埋在心中好幾年的願望，我一定非得來這個地方不可。在那個地方，即使身體沐浴在耀眼的太陽之下，精神也不會太浮躁；那似乎是我第一次感受水氣在腦海裡支撐著而又消失的地方；與其形容這裡的風景是大自然，不如說是精神。這裡的風景突顯出我那一無所有的心靈，不禁讓人聯想到不久前變得難以見上一面的妳。

　　在夢想的國度繾綣了好一陣子的夢。夢裡，我想著，要是令人思念不已的妳搬來這個地方會怎樣呢？就連四目相對的機會妳都不願它發生，到了這裡之後，我想，妳心裡的病也會好轉吧。來到這個形狀像躺著的牛的島上，鎮日到牛的瞳孔附近的海邊，將自己與心靈都好好地曬一曬怎麼樣？

　　坐在看得見夕陽的海邊咖啡廳，喝幾杯當地的調酒，讓液體流進心裡的洞穴，洗淨那些牆上滴著的黏液，淨化後，在白沙岸前和海豚一起玩了好一陣子才走。海豚離去之後，夕陽那混濁的驚濤駭浪降臨。此時，聚集在大型商場的人們逐漸一一散去。但是我仍沒有起身。聖托里尼的感情就像這樣，每天都豐富。

隨便過日子也很辛苦。荒唐地過了一陣子之後，發現自己被輕賤的事實，這才對悲壯的人生有所覺悟，這樣的我眞是悲慘。我和妳，以變形的心對抗變形的世界，羞於啓齒的是，如果有需要爆發的事情，那麼這個地方會是個絕佳的地點。無論如何傾瀉、吐露，這裡閃耀的光明似乎會全盤接受。背負著些許的失落來到這裡，這麼說雖然對那些仍在伴裝生病的人有些攻擊意味，但是，來到這樣的地方，享受著這樣的寂寞，也是幸福的。

　　到了末班船離開的時刻，原本想走到碼頭，途中卻登上了燈塔。我看見自己經過那片綠油油的草原。風看著我，對我說話。我因爲不懂這裡的語言，無法回答，只是盯著風的面孔好一陣子。我想念的妳啊，這裡是世界的盡頭。一來到這裡，那些微不足道的痛苦都被麻痺了。來到島上，才會看見距離，也才會想起自己沉默的理由。

第肆拾玖話
# 黑色眼睛

在從羅馬尼亞回到保加利亞的清晨火車裡，
檢查旅客護照的軍人看了我的護照之後，開心地笑了。
我不明就裡地也跟著他笑了起來，結果他說：
後面一節車廂裡有北韓的乘客。

為了見他們，我走到後面的車廂。我不是想做什麼。我打算看他們一眼就回座位。但是我的心跳得很快。當我在幾乎沒有什麼乘客的臥鋪車廂裡遇見他們的時候，他們正光著腳來回走在走道上。他們有三人。這班列車是夜間火車，因此他們似乎也像我一樣，剛醒來沒多久。見到我的出現，他們從床上坐起身，絲毫沒有卸下戒備。他們的眼珠子特別地黑。我假裝要去廁所，先是經過他們，接著又走過他們面前回到我的臥鋪車廂。我仍舊心跳不已，不知道是出於好奇，還是其他的某些緣故，我總覺得我必須再看他們一眼。我拿著香菸和泡麵去找他們。提起勇氣和他們打招呼。他們沒有接受我的問候，反而往後挪了身體。我表明我在旅行，我是從首爾來的。他們只是用黑色眼珠盯著我，沒有任何回應。我問他們要去哪裡。過了好一陣子，他們之中一個看上去年紀最大的人開口說道，「索菲亞的賈內」。很短的一句話卻很尖銳。

　　我茫然地不知道該說些什麼。為什麼要去索菲亞？為什麼來到東歐？北韓的處境依舊如此嗎？我雖然想著我該問這些問題，但是那三個人轉著黑色眼珠，對我不僅有防備，還有些恐懼。體會到這個事實之後，我把手上拿的幾包菸和裝著三碗泡麵的袋子遞給他們。他們的眼睛在那瞬間變得更黑了，我伸出的手在他們許久毫無反應的狀況下陷入難堪。我將袋子往他們床上一丟就回去了。想到他們可能會拒絕我，或許那樣丟給他們就離開的方法也不差。

　　經過了三十幾分鐘，火車抵達終點索菲亞，我走下火車，心想自己還是該跟他們點頭示意一下，我左右張望尋找著他們的蹤跡。他們去了哪裡呢？他們消失得無影無蹤，讓人不得不認為這一定是在閃躲我。那瞬間，我感到受傷，也感到無奈。總覺得我的表演白搭了。因為我心想，就在那幾分鐘之間，我竟沒能讓那三位客人接受任何款待就送走他們了。

# 將身體埋在
# 幻想的大海裡

有時候人們會問，為什麼我要四處旅行。我曾回答，是血的問題。後來，我又回答，是自我有所缺乏的問題。最後，我說，我也不知道。如果我回答是為了增加想像力，似乎有點裝模作樣，於是我就沒說了。

在這個想像力不足以至於更加貧困的世代，人們只有在對別人說三道四時才會發揮想像力。以如此粗淺的想像力就想變得幸福是不可能的，從大家的眼神中看得出來，大家並不知道這個事實。

為了確實地體會他人的立場、為了融入陌生的空間、為了將在陌生環境下稍微見長的想像力背負回來，我喜歡停留在遙遠的地方。從波士尼亞的塞拉耶佛搭上跨越塞爾維亞國境的公車，原先的預定抵達時間是凌晨兩點，因為暴風雪的關係，延至凌晨四點半才載著大家到終點站。周圍不見任何燈光。我不安地心想萬一沒有棲身之處該怎麼辦。人們陸續從我身邊離開了，我抓住身旁的人的袖口，渴求地說：「Hotel...」在語言不通的情況下，總覺得就算只說這個單字，大家也會聽得懂。人們說了些話回覆我，可是我卻聽不懂。剛好，我看見了遠方的計程車車燈。我走在雪地上，搭上一台計程車並說道：「Hotel...」

司機把我載到某個地方。路途中他對我說了些什麼話，然而那些並不是我能理解的語言，我只好靜靜坐著。

計程車讓我在黑暗巷子裡的一棟建築物前下車。那裡沒有旅館的招牌。我對司機問：「Hotel?」他說是。他搖了幾下鐵門，也試著敲一敲這棟黑暗建築物的門，裡面卻沒有任何動靜。此時，黑暗之中有一個老人打開了鐵門。司機和老人說了一些話之後，收下計程車費就走了。

老人把我帶到某個地方。那裡是個破舊的倉庫。寒冷的倉庫裡面燃著一個石油暖爐，人們圍繞著暖爐睡覺。我向後退，走出那個房間。

老人似乎在質問我，難道不是來這裡睡覺的嗎？我交疊著雙手貼在一側的耳朵，露出誠懇的表情，對老人表示我想在其他地方睡覺。老人似乎又把我罵了一頓，之後便帶我到他自己的房間了。

老人的棲身之處是一間臨時建築的管理室，房間裡溫暖極了。老人把自己的床讓給我，要我躺在他的床上睡一下。我明白他的好意，但我卻做不到。老人拚命地說著沒關係，他似乎在說，等早上太陽升起後，我就能轉往旅館了。

老人一臉煩悶地抽著菸，趁此空檔，我環視了一下管理室，這下我才終於知道，這裡是中國人生活的聚集地，也是販賣中國進口生活必需品的地方。老人稍早帶我去的地方，實為倉庫兼中國人的宿舍。

我很感謝老人的心意，甚至考慮要不要借他的床小睡一會兒。但是這裡跟我想找的地方簡直天壤之別，我不僅無法入睡，另一方面，我並不討厭這種荒唐的狀況，一直望著老人的舉動。若不是這次因緣際會我又怎麼能遇見老人呢？我坐在一幅完美的傑作前。老人似乎悶得慌，一直對我念叨些什麼，而我僅是因為喜歡這幅畫面，對著他眨眼微笑。

伴隨著遠處傳來的公雞叫聲，我脫身離開了。沒有車輛、黑暗仍未散去，道路也不清晰可見，但是我仍把我擁有的所有香菸送給老人，彷彿一個有約在身的人一樣，急忙地離開了那個地方。

我瞭解了，原來美麗也會有衝突感。約莫一坪大小的老人的房間，有石油暖爐、有舊電話機、有溫暖的毯子，牆壁的一側整齊地掛著老人的外套。我無法忘懷那個空間。陌生的美像是腦海的烙印。越是陌生的東西，越是強烈地刻印在腦中，久久無法消去。

　旅行途中遇見的年輕旅人裡，有許多人都以想像力來鍛鍊自己。他們將自己丟進一個陌生的地方，準備全心全意地投入其中，爲了蒐集想像力的題材、爲了學習想像力，他們擺出謙遜的姿態，搭上了火車。他們說，「尺度」與「標準」是世界上最骯髒的東西。在這個充滿人與風景的世界，想像力能編織出彌補任何風波的毛毯。想像力能將小小的思考擴大爲大大的想像，也能讓人變得堅強。光靠想像力，就能把汪洋大海帶到病痛的人眼前；也能在艱辛的日子裡，在窗外種下一棵棵的大樹。

　因此，就算離別時看起來就像渴求的人一般膚淺也無妨。爲了接納離開所面臨的事情，有些輕率也無妨。因爲，只要能和世界對望，將會看到那對眼神中無盡蔓延的心動與幻想。

# 十日之間的
# 牡丹

　　我艱困地撐著身體搭上了計程車。在紙上寫了：「醫院」的漢字。那時我還以為只是輕微不適。我痛得手無法伸直，手掌也無法張開。不會說中文的我用筆談的方式大略傳達我的症狀，在醫院打了針也拿了藥。當晚，我依舊痛苦不已，隔天我又再去醫院。前一天我的抽血檢查、尿液及糞便的檢查結果都出來了。是急性腸胃炎。我知道在中國旅行需要多注意飲食，仔細想想，前一天晚餐在桂林路邊買的餃子似乎不太對勁。

　　我必須住院。儘管我正在前往西藏的旅途中，醫生勸阻了我。我說，那我要回韓國，醫生仍然不允許。她說，西藏跟飛機的空氣對於一個病患來說太稀薄了。在語言不通的狀態之下，幫助我處理住院手續的女醫生十分親切。

　　拉著大行李箱走進醫院的我，那幅畫面很是滑稽。一個護士走上前，說會把我的行李箱放進醫護間的衣櫃裡保管。接著我便換上白色病患服了。換了一個新的女醫生來負責我。

　　一躺到床上，兩根針就插進我的手臂，開始打起不知何時才會結束的點滴。雖然我深深地睡著了，但是整間醫院的護士與醫生全都來探訪我，無所事事的病人與家屬也來看我。我沒有和他們打招呼，連微笑也無法做到。

　　即使我是如此無力地躺在病床上，我還是能感受到醫院裡環繞著一股奇妙的氛圍。那是溫暖的氣流。

標準嚴格的主治女醫生、護士們，以及住院醫生，所有人都維繫著非常緊密的關係，以他們的關係為中心點，醫院裡的廚房、商店，與所有職員，大家就像是在同一組裡的工作人員一樣，用愛心互相幫助、鼓勵彼此。那裡不是醫院，是製造溫暖氣體的煙囪。

某天晚上，不知道是不是插著的點滴針頭有些狀況，我的手臂開始黑青，點滴也無法注射進我的體內。我的手腫起來了。我呼喚值班的護士，用手指了我的手臂，結果她竟看護了我三、四小時。不僅冰敷還用毛巾幫我擦拭。我們倆的對話只有「痛？」「不痛？」但是她整晚守著我的那份誠心讓我的身體好轉，我彷彿就要飛起來一般的在醫院裡跑動。

當我和警衛大叔四目相對，他就會讓出警衛室給我當專屬吸菸室；只要我到醫院前的市場買來綠豆芽，就能放在廚房，請他們幫我做成料理；我還去找了一開始幫我診療的女醫生，在她的診間裡參觀了一番。

那個地方允許我的一切。那個地方療癒我的一切。那是在中國柳州，開著牡丹花的醫院。那裡是讓我找回內心平靜的最佳旅遊地。我沒辦法在那裡久待，只能短暫停留，那是因為我想知道，我是否就跟風一樣，必須經過短暫休息才能到更遙遠的彼方。

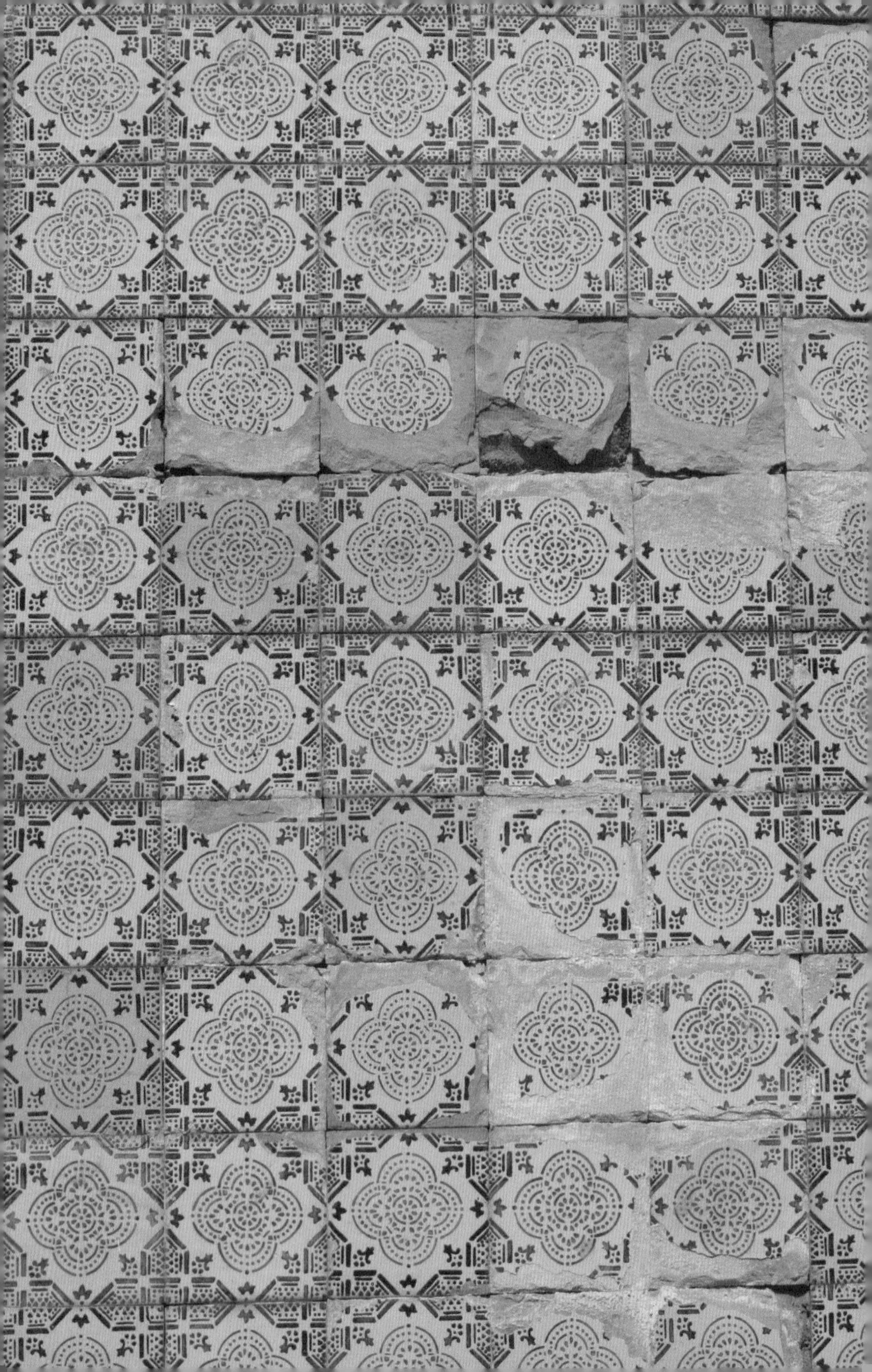

# 2004 年 11 月 20 日，
# 生日

2004 年 11 月 20 日，約是巴黎的早上 7 點 40 分。
一整晚沒能把《地獄萬歲》看完，
入睡失敗。
想要散步，於是帶著一臉的浮腫走出門，
車陣已經綿延一段距離了。
這個時間塞車有點太早了，怎麼回事呢？
穿過高聳灰暗的建築物，
必須走到巷子的盡頭，
才知道原來天空出現了一道好大的彩虹。
人們是爲了看彩虹才塞在這裡的。
我想，如果我的人生
也能那麼高遠而美麗就好了。
我能不能成爲誰人生中的那道彩虹呢？
而誰又能成爲我人生中的那道彩虹呢？
幻想受到干擾就會破滅，
然而，希望受到干擾就能化作彩虹，
不是嗎？就像那樣。

我好久沒像今天一樣想吃飯了。
我好不容易來到賣米的地方，買米回家做飯，
煎了兩顆蛋，我提著晚餐，
走到因為秋天落下葉子的公園享用，
這樣的幸福就夠了。
不超過兩顆雞蛋的價格、數量與味道的幸福。

# 蟋蟀爺爺

我在中國南京遇見了一位爺爺，他正在街上賣著某樣東西。

　打開他前面放的圓形葫蘆一看，裡面裝了蟋蟀。
　他手裡拿著一塊白米蒸糕，我以爲那是爺爺要吃的。
　沒想到他捏下一小塊糕，搓成圓球之後就放進葫蘆裡了。

想起當時
看到的景色
我的眼睛
就感到嗆辣

到了某個陌生地方時，如果在那裡留下很強烈的印象，
即使過了很長一段時間仍會記住。
不過，究竟要強烈到什麼程度才會讓人久久無法忘懷呢？
我就是那種會將每個地方一一打上分數的旅人。

抵達某個地方，聞著剛從車上下來時的空氣，
我開始累積一些感覺。
最早和我說話的人的表情與印象、
旅館是否乾淨、景觀如何、以及旅館主人的細心程度。
如果這些都在正常標準，就能輕易地得到 50 分。

越過了標準值之後，就會期待後續的旅程。
一餐的價格與水準、
與我擦身而過的人們的印象與親切程度。
有無讓旅人休息的公園、景色吸引人的程度、
完整保留著人們生活風貌的市場。
如果以上條件能一次滿足，這個地方就能獲得 100 分。

然而，若是在此處幸運地遇見讓人願意在坐了良久後起身的
「街頭音樂家」或是祭典活動的隊伍，
不僅如此，若能在傍晚時分喝著啤酒、
恰巧遇到一個語言相通的朋友。
已經到達 100 分了，我該如何是好呢？只好再往上加分了。

旅行這件事，是要找到一個就算給它 120 分也不嫌多的地方；
是懷抱著一份期待，希望未來一定要再度踏上那片土地；
萬一無法實現，憑藉著當時的那份記憶，仍能讓眼睛感到嗆辣。
旅行就是如此。

# 往中心

　　兩個女人去印度旅行了。她們的關係無人能敵。兩人在出發前就懷抱著這個夢想，她們計畫旅程，對這個名為印度的國家仔細地研究了一番。

　　現在兩人只需要搭上飛機即可，距離出發的時間所剩不多了。兩人在飛機上找到位子並肩坐下，飛機起飛的瞬間，兩人在心中拍起手，前往未知的國度。

　　此時，其中一個朋友突然開口。

　　「我們到了印度之後分開走好嗎？」

　　她好不容易鼓起勇氣說出的話，讓朋友的心情一沉。

　　聽了這句話的她想問：「我們不是世界上最熟的朋友嗎？」她也想說：「我們現在已經一起坐在飛機上了欸？」或許是自己聽錯了，因此不問不行。

　　「為什麼？妳真的……希望那樣嗎？」

　　朋友於是說道：

　　「兩人一起行動的話，會錯過很多風景。」

　　確實是如此。不需要多加說明了。事前是多麼大費周章地準備旅行，好不容易騰出兩個月的時間。但是，勉強點頭同意的朋友還是無法平復突如其來的情緒，到洗手間哭了一陣子。

　　一抵達印度後兩人就分開了。她們決定，兩個月後，就在機場相見，一起搭上返回韓國的飛機。

你是筆直朝著某個對象前進的人？還是，向著目標發揮自己所有感官的人？面對這樣的問題，我通常相對地回答：「那種人。」我之所以附注「相對地」三個字，是由於這個問題的答案會根據對象及目標而有所不同。

　　她們看起來是一致地往「中心」走去。

　　飛到印度的兩人決心拋開感情這個難纏的東西。為了成功完成這趟旅行計畫，她們認同想要依賴彼此的這份「想法」不過只是無用至極的東西。

　　她們所遇見的世界一定很不一樣。除了想要有所不同之外，這趟旅行的經驗將是完全專屬自己的，這比什麼都還讓人滿足。我們是否曾經徹底地擁有過一些什麼呢？

　　兩個人的旅行安然無恙。無恙的不僅是兩個人，她們之間的關係也沒有生出任何芥蒂。她們相信彼此的行動，於是她們擁有了絕佳的經驗，並愛上這個世界。當然，世界也朝她們兩人露出燦爛的笑容。

　　印度教裡有一句話：「重要的並不在於環繞宇宙一圈，環繞宇宙中心一圈才是重點。」這段話出自於 Jean Grenier 的《島》。

　　重要的是「中心」。任何見聞、經驗，與任何理解的核心永遠在於「中心」。

# 一定要
# 那樣做

請把鞋帶繫得鬆一點吧。請降低說話時的音量吧。

請不要比風的速度還快。就算閉上眼睛，也請絕對不要合上了心靈。

就算聞到上輩子或是上上輩子生活的土地的味道，

也請不要被那股味道動搖。

請放任被捕捉的那些瞬間。

只有那樣，所有的一切才顯得有魅力。

在獲得各種成果的款待後，請讓心臟變得跟蘋果的兩頰一樣厚實吧。


或許什麼都不會有。

也或許不是什麼都沒有，或許什麼都有。

我所拋棄的所有和我該遇見的所有，

或許會長成茂密的樹林，讓我在幾坪大的土地上休養生息也說不定。

請一定要擁有那片土地。然後再貪心一些，

再開口多要一點吧。撒下種子也很好。

播下不屬於我的種子，期待它長成豐碩的果實，

拿到餐桌上款待別人也很好。

如果不穿上白色衣服，就算裸體也請感到開心吧。

身上不過就是有些不同的斑點罷了。

如果樂意的話，爬上樹梢，我練習著，

像是有什麼大事發生一般，就算大叫也無所謂吧。

若是因為沒人聽見自己而獨自痛哭，

請別讓那哭聲變成傷口或罪惡。

此外，像是突然想起一般問題就行了。

彷彿要解放河流、解放心靈，我和妳搭上渡船，

到遠處為止，我們要一起睡到遠處為止，

這個約定妳是否遺忘？

我必須問妳，為什麼沒有遵守當初的約定。

至今仍未出現的妳，為什麼妳還沒出現？我必須這樣問妳。

第伍拾柒話
好比你想
停留下來的程度

　一定有些人是爲了哭泣而去那個地方的；有人去那裡奮力感受
疼痛；或許，有些人是爲了在那裡埋藏痛苦的回憶而去。對於這
些人來說，西藏是個既當然又再合適不過的目的地。

　前往西藏的飛機上，我好幾次不由自主地注視鄰座青年的眼神。
光是眼神就顯出強而有力的青年。據說生活在高山地帶的人，血
液裡含有許多血紅素，因此先天上比較強韌，他的眼神裡也有著
那股野性。他的眼神強烈且銳利，身爲一個旅人的我彷彿就要被
割傷心臟了。於是我在那有限的時間裡，透過他的眼睛預想著西
藏吹拂的風。

　　一抵達西藏我就面臨必須進醫院急診室的狀況。起初我猜想這是不是因為高山症的關係，後來得知，似乎是前一天停留在中國成都吃了不衛生的食物引起的腸胃炎復發。做好罹患高山症心理準備的我，竟然是得了急性腸胃炎，讓人感到虛脫。不僅如此，這還引發了超越恐懼的無力感。我吊著點滴好不容易度過了危急關頭，同時，人們接二連三地找來了急診室。是高山症發作的旅客們。每個人都像餓死鬼似的戴著氧氣罩，躺在病床上，讓充足的氧氣穩定自己的症狀。治療高山症的西藏護士們的動作到了爐火純青的境界，令人覺得自然又正常。似乎不是只有我躺在病床上浪費寶貴的時間，這個狀況多少安慰了我。

我無法遺忘當我翌日張開雙眼時的光彩燦爛。病癒後起身，我的身體彷彿能立刻飛起來一樣輕盈，我的眼睛透澈得幾乎能看到最遙遠的地方，我的心飛揚在一切風景之上。不知道這是因為受腸胃炎所苦才獲得的資格，或是整晚在夢裡聽見的一句話：「來到西藏的所有人都必須痛苦才行。」我倏地征服了高山症，這個早晨讓周遭一片光亮。讓人感激涕零的早晨。

　西藏人一年似乎只會在過新年的時候洗一次澡。他們是不沐浴的枯木般的人。由於氣候乾燥，如果把人體自然分泌的皮膚油脂擦去，皮膚會容易皺，連一點碰撞都能輕易割傷。他們平時洗澡不是用肥皂或是水，他們用奶油擦拭身體。

　據說西藏人的姓氏也不從父姓或從母姓。人們主要使用的名字其中包含了星期一到星期日的意義。星期一生的孩子叫「達瓦」；星期二出生的孩子叫米瑪，意指火星；禮拜三是拉巴（水星）；禮拜四是「普布」，意思是木星；禮拜五是巴桑（金星）；禮拜六是邊巴（土星）；禮拜日是太陽。

　名字的個數因人而異，一般人大致上擁有三、四個名字，多的話可能會擁有數十個名字，這是長久留傳下來的一夫多妻或一妻多夫制度下產生的自然現象，也代表了家族體系的融合。此外，若是看到了一個有著良好宗教意味的名字，人們便採用，成為僧侶又必須取另一個名字，西藏人的名字數量便如此自然地增加了。

西藏布達拉宮有九百九十九間宮室、四十多間佛堂、一千多本佛經、兩萬多尊佛像，想全都瀏覽雖然不可能，然而，光是自己身體進入這個神聖的空間就足夠成為一生最棒的體驗。絲毫沒有動用任何的鋼筋、釘子，全由木頭、泥土與石頭建造的布達拉宮，想將這個空間內煥發的喜樂氛圍一點一滴地存在腦海裡，是一件非常累人的事。這裡有許多各國博物館都覬覦的文化資產，其中多數被中國掠奪了，至今仍有佛像、佛塔、雕刻、佛畫等，以及重達三十六公斤的經典，書中記錄了約兩千多年的歷史與宗教文化，布達拉宮總計保留了約七千多種文物。宮內負責導覽的僧侶如此向我介紹道。

　本著一片佛心，以五體投地的方式前往大昭寺的人們；原本在工作卻來回寺院幾趟，最後遁入空門的人們。在路上遇到小僧侶，我看到他們眼裡的玩心，於是停下腳步，四周瀰漫的香氣奪去了我的心，我體會到，這個世界上並不是只有一條道路。

　我想，這些人或許一輩子都不會有值得哭泣的事。因為他們是全世界最具宗教性的一個民族。他們爬上世界的屋頂望著遠處而生活。他們似乎相信，遠處那近乎神祕的現實正在蠢蠢欲動。或許，比起日常生活，他們更在意自己是否能體驗到宇宙的中心，為此，他們相信謙遜是最首要的事，他們是如此生活著⋯⋯

　要是，我在那裡待的時間和妳想停留的時間一樣久，回去了之後也別記得西藏。但是，記得作夢。慌忙地推翻所有一切，然後以重生的心情在那裡再度重建一切吧。

# 爲了遺忘而來到
# 西西里島的人

船到達了，船又離開了……
我在那裡度過的日子，彷彿在等著誰的歸來一樣，
抓準船班時間來到碼頭。
我望著人們下船、上船的模樣，
那是我在西西里島的全部。
總覺得必須那樣。即使如此也想找點事做，
每天都以那種方式告一段落。
由於我總是那樣坐在碼頭邊，來到西西里島的遊客
有時也會向我問路或是打聽哪裡有不錯的旅館。
雖然住在西西里島很久的我也只是個旅人，
但是我還是跟其中的一些人告知方向，
也介紹便宜的旅館給他們。
妳也並無不同。妳對初次見面的我問了，我是不是在等誰。
我說，我只是來碼頭，看著到來的人們與離去的人們。
突然，妳要我帶妳去我居住的旅館。

「你好，我是從西班牙來的 Angela。
幾天前我和男朋友分手了，
這次旅行的目的是要忘記那個男人。」

我有些被妳那突如其來又少見的自我介紹嚇到。

我連問都沒問，妳就大方地把自己跟男朋友分手的故事告訴我。

雖然不太清楚，但是憑藉著那份豪爽，

妳應該能夠很快地忘記男朋友吧。

那天晚上，眞的、眞的，下了非常多雨。

女人們慌慌張張地把曬在海邊的魚全都收進屋，

擁有漁船的漁夫露出擔心的眼神，盯著繫在海邊的船隻。

站在陽台上張望的我，同樣擔心著這場似乎要吞噬島嶼的風雨。

此時，Angela，妳說：

「即使如此，島上的黑手黨一定還是聚集成群在打撲克或喝酒吧。

不，或許他們正在思索著新的詐騙手法也說不定。」

於是，我說了：

「那麼，我們也喝酒吧？」


我點了一杯酒，因爲覺得有趣，於是我又問道：

「Angela，妳之所以來這座島應該有個理由吧？

我知道妳是爲了忘記男朋友才來的，

但是，那麼多遙遠的地方，爲什麼偏偏選擇義大利的西西里島？」

妳的回答激起我心中的漣漪。

西西里島從空中拍下來的形狀就像是翱翔天際的鳥一樣，

總是在紀錄片裡看到西西里島的空拍圖，

因爲太像鳥了，所以才記憶鮮明。

妳也想像鳥一樣自由自在嗎？

還有另一個理由，

分手的他是個把艾爾·帕西諾主演的電影《教父》

看了超過三百次的人，連台詞都背得滾瓜爛熟。

他曾說過自己總有一天一定要來這個地方。

當然，我告訴她我更喜歡第一個理由。

就那樣，來到西西里島的第一天晚上，妳喝了非常多的酒。
託妳的福，我也不相上下，所以妳似乎稍微哭了一下。
接著，妳喃喃自語，
妳彷彿是在說，明天一定要立刻回去西班牙。
「明天就沒有西班牙了。下了那麼多的雨，
西班牙也會被雨沖走的。」
我的冷笑話讓妳覺得奇特，我望著笑了好一陣子的妳，
心想，是不是我也跟妳一樣，有個必須遺忘的人。
總覺得該被遺忘的那個人會搭著船來找我，
所以我才成天到碼頭邊，雖然我想對妳說，
妳早已趴在椅子上沉沉睡去了。
那時，從窗戶縫隙滲入的雨的味道，似乎更濃郁了。

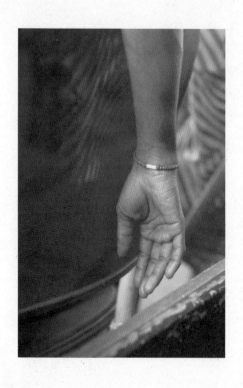

第伍拾玖話
在外

我不想回家所以去了旅館。

家裡到底發生了什麼事讓我在距離門前一百公尺處

掉頭就走進旅館裡。

並不是家裡有什麼人，

也不是因為家裡沒人而寂寞，

我決定今天也要住在旅館。

我害怕家給我的安樂感，更害怕那股生活的味道。

許多中斷許久該做的事情擺在桌上、

幾天沒洗的碗盤讓人根本不想接近廚房周圍、

棉被跟衣物散發的熟悉味道，這所有的一切在某個瞬間

都變得不順眼的事實讓我無法進入家門。

唯有旅館能帶給我清爽的早晨，

在不熟悉的旅館浴室才能聞到陌生的氣味，

從窗戶灑落進來的陽光灼燙著我的內心。

然而這瞬間卻形成了奇妙的安慰。

我突然體會到我不是一個人，因為我不孤單所以無所謂，

這些事實突然向我靠近。

即使打開窗戶，窗外所見的不過就是隔壁建築的牆壁罷了，

原以為這種地方不能起什麼安慰作用，

但就因為這個房間沒有任何東西，所以才存在著所有的可能性。

這裡是旅館的房間。

在這陌生的地方，我能暫時沉浸在

自己從遠處回來的心情。這是件奢侈的事。

「大嬸，我可以再多住一個晚上嗎？」

可以，她說。接著我走到外面，

她問我要去哪裡。

「是，我稍微回家一趟。」

# 夢想的游泳池

待在巴黎的兩年是一個有限制的時間。因為我所帶的錢在這兩年的限定期間內一定會用個精光，因此我無論如何都必須在這段時間之後回去。決定好回國日期之後，我每天必做的事情就是游泳與寫詩了。

我借住在後輩的家。在小小的衣物間裡放進一張書桌，我每天都在那裡寫詩。然後，每天大約一、兩次，只要興致一來，我就會到後輩家屋頂上的游泳池游泳。

寫詩寫得厭煩了，我就去游泳，不想再游泳了，就回到書桌前寫詩。果然，水確實是讓人活下去的要素。那段時間，我之所以能感受到自己活著，都是因為水，以及因為水我才能寫出的詩。我替那個游泳池取了名字：「夢想的游泳池」。夢想的游泳池的特徵是，裡面幾乎沒有人。那裡面只有夢想。

我曾在游泳池遇見一個女人。她像我一樣不定時地出現在游泳池。肯定是個獨居的女子。不輕易和別人對上眼神的她，在我的記憶中，她也一次都沒有看過我。即使我試過幾次要和她打招呼，她仍專注於游泳，忽略我的問候。她就像是個只想著水的人。

某一天，我游完泳準備洗澡時，我差點就要失去重心往後摔了。因為那個女人就站在我的前方。淋浴間明顯地有男女區別，為什麼她會進來這裡呢？先不談她入侵的原因，剛游完泳的她披頭散髮的模樣很不合常理。我一句話都說不出口，只是光著身體站在那裡。她說她忘記帶毛巾了，想問我能不能把毛巾借給她。雖然這件事很沒道理，但是法國人的生活方式就是簡單地帶過那些沒道理的事情。於是我結結巴巴地說：

「毛巾？我只有一條而已。」聽了我的話之後，應該要快點出去才對，她卻站在那裡。

我心想，我必須快點打發她。

「不然，這條毛巾我先用。我用好之後再給妳用。這樣也沒關係嗎？」

她表示她瞭解了，她會在女生浴室等我，說完便離開了。雖然這是一件很冒失又誇張的事情，但是，對於無法誇張也無法冒失的我而言，並不算一件令人煩躁的事。因為，若是對著她那副無所謂、溫和且標致的臉龐，宣洩我的煩躁，那也太不紳士了。

　　我把毛巾掛到她的浴室裡，然後等著拿回我的毛巾。在她使用毛巾的期間，我思考著這段人際關係，在這個事件中，我究竟是該珍惜自己，或是毋須珍惜自己，此時，她出來了。某種程度看來，她的頭髮也回到正常的水準了。

　　無話可說的我和她忍受著電梯裡的真空狀態。但是我卻處於困擾狀態。我應該跟她搭到同樣的樓層，或是我就單純地搭到我該到的樓層就好？我該幫她把頭髮再弄乾一點，或是我該回去，管好自己的頭髮就行了？

　　她的樓層到了。電梯門打開的瞬間，我似乎想要說些什麼。所有的一切都因為電梯前方站了一個男人而不被允許。

　　突然，像極了雕刻的金髮男子露出燦爛的笑容，跨越電梯與走廊的界線，摟抱住她的腰，一見到這幅景象，我急忙地按下電梯的關門按鈕。我感到有點暈眩、有些累，我轉頭聞了掛在肩膀上的毛巾味道，才似乎稍微好轉一點。是草莓香。

# 緣分

　　人與人的緣分真是妙不可言。那不是件簡單的事，就算想瞭解也沒有方法，所以緣分奇妙。

　　到印度旅行時，我在往瓦拉納西的火車上遇見了名叫 Robert 的加拿大人。深夜，就在我好不容易適應了夜行火車上燈光全關的黑暗時，我感覺到有人在摸我的膝蓋。因為黑暗，原本就緊張不已的我，被突如其來的觸碰嚇了一跳，那個人連忙道歉，他說都是因為太暗了。

　　因為我們倆的處境同樣是旅人，所以我不計較。那晚在黑暗中聊的幾句話成了我們的緣起，後來我們在瓦拉納西的旅程中一起流浪了幾天才分手。和許多旅人一樣，我們交換了彼此的電子信箱。

　　那之後過了十天，我們再度在阿格拉的某間寺院前相遇。我看見他和孩子們天真爛漫地玩在一起的模樣，我讓人力車暫停下來並叫住他。起初，我們彼此都太過開心，反而連話都說不出來了。我們聊了那晚的緣分，一邊喝著啤酒，一邊將這些軼事當成我們的下酒菜。就那樣過了兩天，我們再度分別。

　　那次旅行回來後過了三個月，我出發到土耳其。然而在有著韓國半島四倍大的遼闊土地的外圍小鎮——卡帕多細亞，他認出了我。他說，當時正在照相的他是從相機的觀景窗裡看到我的。我們張開雙臂擁抱彼此，開心地旋轉了幾圈。這一切都像假的一樣。他說自己是走陸路，一路由巴基斯坦、阿富汗、伊朗，而後來到土耳其。這段時間大約花了三個月。

我們的上輩子是什麼關係呢？我們竟像這樣好幾次在地球上的某處相遇、歡笑，神知道這一切嗎？簡直是無法用腦來理解的複雜狀況。

原是數學老師的 Robert 為了以數學的角度計算我們相遇的機率，他趴在地上用樹枝寫起數字。我站在他的身邊，想和他一起試著解答那道題目，不久，我對他說：「Robert，這件事太花時間了！」於是我把那些複雜的數字全部抹去。

對我而言，我從不曾認為世界很小，因此過去我常把那些只有一面之緣的人們想得太輕率、簡單。一想到那些相遇，我的內心不禁感到非常微小的疼痛。

我細細地為他說明佛教裡所說的緣分。

「有一塊大石頭，是長寬高十五公里的立方體。每一百年就會用掃把磨那塊石頭，最後，當這塊石頭完全被磨光之後，就稱為『劫』。人一生之中，即使跟別人擦身而過都需要上輩子五百個『劫』的緣分，那麼我們呢？我們又算什麼呢？」不僅如此，我還跟他說了所有我知道的「劫」這個單位的故事。若是兩個人有一千個劫的緣分，下輩子就能生在同一個國家，兩千個劫的緣分，來生就只有一天能一起走在同一條路上。身為數學老師的他，應該有十足的數字概念的他，對於佛教所談的緣分的道理與單位，似乎也能夠有所體會地頻頻點頭。

我與 Robert 的緣分就到此結束了嗎？我無法保證。我難以保證，或許我們未來又會在某一片天空之下，再度和彼此相遇，兩人感懷地緊緊擁抱且又轉上好幾圈也說不定，不是嗎？

我以「這不是最後一次見面」的方式和他道別了。再次的離別讓 Robert 感傷，他要我和他用以色列人見面與道別的握手方式握手。那個方法是，兩人伸出自己的手，接著互握著對方的手腕。不是握手掌，而是握手腕，這樣的觸感有些特別。

我認為，那樣的道別方式對我們這種緣分的人而言，是再適合不過的方法，我們，又再度傷懷地分別了。

　　但是我有些話沒說出口。

　　兩個人的心靈就像是住在同一間屋子。若是其中一人的心裡下著雨，另一個人就會把雨水接到自己的心裡，分擔著雨水。那樣的兩個心靈就是住在同一間房子的。彼此互相依靠，彼此互相取暖，長長久久地生活。我認為這樣才是真正的緣分。那麼，我們或許什麼也不是。這段話，是我沒能說出口的話。

# Que Sers Sers
# （順其自然）

任何時候，只要一種答案就行了。

既來之則安之……／順其自然／無所畏懼／聽天由命

這所有的一切都能用一句話來表達。

拉丁語：「Que Sers Sers」。

我認為，世界上大約有兩種生存方法。

仔細謹慎地在意每件事，事事準備齊全的人。

凡事遲鈍、順其自然地過生活的人。

即使注意著每件事，小心地排定計畫，像這樣的人

也不是所有人都過得好、都萬事順利的。

相反的，稍微漫不經心，或是隨意過日子的人，

也不一定就無法過得好。


帥氣的人再怎麼過生活都是帥的。

就像不洗澡的人認為不洗澡很好，

一輩子不懂得整理的人認為不整理很好。

像妳那樣努力生活的人，也有那種方式的好。


老實說，有時候真希望自己不會某些事。

豪邁地，雖然不會也能泰然處之，雖然沒自信卻很大方。

就像 Que Sers Sers 一樣，就是這樣。


準備六個月旅行計畫的過程中，我想起了朋友對我說的話。

「像你這樣恣意生活的傢伙，為什麼要失去那麼多人？或者說是拋

棄？除此之外，為什麼大家要說那些根本就跟你無關的謠言呢？」


我知道。因為我總是裝模作樣。

因為我總是只做自己想做的事而已。

Que Sers Sers

# 人生
# 就是那樣

以美好的季節作爲藉口，妳持續著和他們的旅行。
你們分享了幾餐用一口爐灶煮出的食物，
因爲陌生的風景感到驚喜，拍了無數的合照，
分享著各自的情感。
甚至不願再回來了。


是啊。
人生就是那樣。
一個人是絕對不可能做到的那種事。

# 直到以後，
# 直到很久以後

有一種，所有事情都按部就班的感覺。或是，雖然有些緊湊，最後仍然能好好進行的感覺。只要是兩種的其中之一就好了，但是，現在的我，總有一種進步得很緩慢的感覺。

如果不是那樣該如何活下去呢？一天一天湊合著過，若是能感受到生活有絲毫的進步，至少那天的早晨還會心生慶幸與感激。

西班牙的小村莊裡住著一位老爺爺。

老爺爺的名字是 Kurdo，七十五歲。這位爺爺在村莊的田地上蓋著教堂，蓋了三十五年，沒有一天歇息過。沒有其他幫手，他就這樣靠自己的力量，從早上起床到晚上睡覺，除去每天吃一餐的時間之外，一整天的時間都花在蓋牆的事情上。

老爺爺的母親在世時，她雖然很想爲教會貢獻些什麼，無奈她太窮困了。她的一生十分艱苦，光是讓一家子餬口都很困難。所以老爺爺在自己的母親過世之後，他將自己農地上的作物全部拔除，打穩地基，從那天起他就開始一步步地蓋起了教堂。

過程當然沒那麼簡單。他只能靠自己的力量砍樹、豎立梁柱、鋪土、烘烤磚石與造牆，就這樣反覆地不斷進行，總有一天就會實現些什麼吧。這是一位七十歲老人的生活方式。每天只吃一餐也是因爲他認爲不需要再多吃什麼的關係。或許是跟這一切有關，老爺爺的體態異常地瘦，簡直跟年輕人一樣精實。有誰能阻擋這位老爺爺呢？

如此操勞的工作，源頭是出自於爺爺的母親。

我似乎可以理解。瞭解其中的千分之一，萬分之一。

因爲我是個相信自己直到以後、直到很久以後都會有我必須該做的事的人。

無論那件事跟誰有關，抑或那只是我和自己的約定。

所以我有些能夠體會。

我相信，一步一腳印地生活，總會累積些什麼。

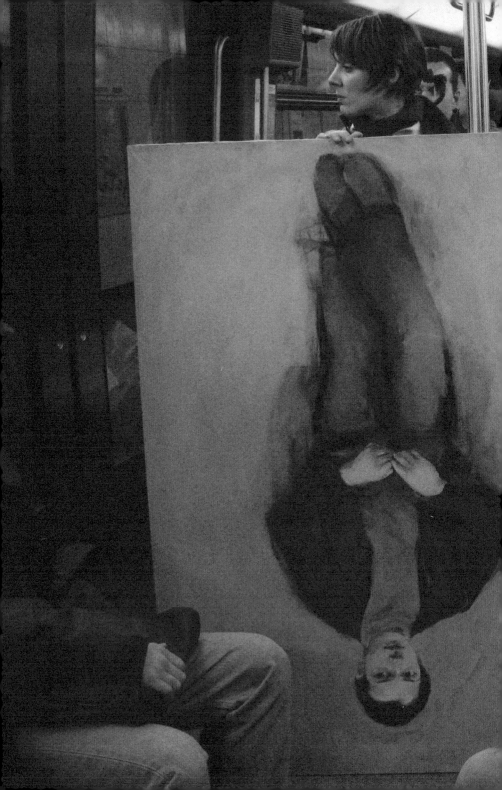

# 葡萄藤的禮物

智利的鄉村，有個經營葡萄農場的青年。

有一天，一個女人開著車經過了鄉間小路，

呼吸間，她突然受到葡萄氣息的誘惑，於是來到了葡萄農場。

女人問，能不能買一些葡萄？

男人很有誠意地摘下一些葡萄，裝進籃子裡拿給女人。

爲了付錢，女人詢問著自己該給多少才夠。

青年不著邊際地喊出一個非常昂貴的價格。

女人懷疑是不是自己聽錯了，她再次問道。

然而答案仍然一樣。

「爲什麼？爲什麼那麼貴呢？」女人再度問著青年。

「因爲這個葡萄眞的很好吃。

我有信心，這裡的葡萄比世界上任何葡萄都還要美味。

當然了，還有另一個原因。

我開出如此高的價格是因爲，

我想把長出這些葡萄的一整棵葡萄樹全都送給妳。

因此，每年到了這個時候，請來這裡摘走樹上結的葡萄吧。

您覺得如何呢？

要支付這個價格並收下這棵葡萄樹的禮物嗎？」

女人爽快地答應了。

每年到了初秋時節，

青年就會和前來摘葡萄的女人相見。

就那樣到了第六個秋天，

他們倆在葡萄樹前舉行了結婚典禮。

他們砍下一部分的葡萄樹，

刻成戒指分給彼此。

若是當時青年被女人的美貌所誘惑，

連錢都不收，僅是摘下葡萄送給她，

那麼或許他可能不會再有機會見到女人。

再者，如果只是免費把葡萄樹送給她，

她也許並不會特地回來摘葡萄也說不定。

雖然很無理，既然收了錢，她就有了非來不可的理由，

青年也把這個理由送給了她。

# 因爲我是，
# 將某些東西
# 帶來世上的人

別想著從這個世界能得到些什麼，
而是想著自己能給這個世界什麼東西，因爲我是這樣的人。


如果想著某個人的時間越多，
那麼我可以確信我是愛著那個人的，因爲我如此相信著。


想著那個人的時間越長，
就等於我用著某種方式
補償這個世界上的某個東西，因爲我是如此相信著。

# 溫暖的紀錄

偶然地，我在非常偶然的情況下看到了一位旅行認識的朋友的筆記本。

我感動了好久好久。

他是我在加拿大的火車上認識的 Antoine。

他在筆記本的月曆欄裡面寫著：貝多芬、約翰・藍儂、愛因斯坦⋯⋯

像是這類名人的名字。

生在世上，因為偶然而誕生，這雖然不是件值得記住的事，

然而，一個人的生存與離開，

卻是充分地需要被人類記得，

因此才一一把日子寫下，並記住這些事，你是那麼說的。

感動在於，這件事不是很難做到，只是單純這麼做而已。

我們總是認為每天的生活沒有太大的價值，

至少，我們尚未跳脫這種想法。

# 必須逃走，
## 必須逃走

高中時期，我為了代替父母參加一場親戚的結婚典禮，坐上火車前往鄉下。那是個下雪的日子。當時我的口袋裡放了禮金，我在目的地下車，卻沒有去婚禮會場，我只是在雪地中走了又走，然後再搭上火車。我整整一週沒回家，連電話也沒打。

　那是第一次，我獨自一人的旅行就是從那次開始。回到家之後，我被打得快要死了，心裡卻覺得舒暢許多。

　一開始我還不太瞭解我的那些欲望。就如同一本厚重的書、或是遼闊的廣場，那些欲望的真實面貌並不會輕易地展現在我面前。於是，我就這樣被欲望深深吸引。


　那裡，有一條路。走上那條路的話，似乎會發生什麼好事或是幸運的事。我不是一開始就打算走那條路的。原本想走其他的路，但那條路卻總是吸引著我。但是我還是沒有選擇它。我走上其他的道路，不知不覺間，我走的路跟剛才的路連接在一起了。即使走了別條路，最終仍是同一條路的命運，以及路的自由。我站在那條路上。光是站在那條路上，就讓我彷彿活了過來。

那是條尷尬的小徑。但是，沒人料想得到，就連我也沒能事先預料，那條小徑竟引領了我前往康莊大道。現在回首往事，仍感到有些驚險。怎麼能遊歷那麼多地方？又怎能在那些陌生地方邁開大步行進呢？

不過，我很感激。我感謝命運如此牽引著我，我感謝命運那奧妙的磁場。

整理搬家物品時發現了近十年間旅行所記錄的隨手筆記，翻看著那些紀錄，我那持續性的紀錄讓我感覺像是一塊大石壓在心上。為什麼我會一直做那些事？為什麼我要執著於此呢？

在各個地方旅行時，我不僅是旅行，我毫無間斷地書寫，究竟是為了生存，還是打發時間，又或者書寫是存在的一種方式，這三者間的界線並不明確。而這份不明確甚至讓人有些傷心。不過，若是沒有熱情是做不到的。我無法相信，我曾經擁有那份熱情，甚至它至今仍存留著。如果說要用上我的熱情，我不會將它用在隨手記錄，也不會用來攝影，我會用它繼續旅行。

這本書算不上什麼。雖然被包裝爲旅行的紀錄，但是這本書非但不是旅遊紀錄，更加不是旅遊指南書。然而，隨著本書的問世，希望自己是個永遠離去的人的願望似乎又更加靠近我一些。書本既已上市，我才眞的像是離開了。

喜歡人群的人因爲受傷而離開。我也沒有不同。我離開人群、離開居住的地方，像雪片般飄蕩。人生也是如此。人生就是，懷抱對人與希望所累積的幻想生活，卻有時也會目睹它們虛無地潰堤的時刻。

人生是不斷地遭遇，迎接那些事情、了結它們，接著再次像初次遭遇般的被吸引，我認爲，這就是人生的道路。我也和普羅大眾一樣，希望能感受完整的人生，想要體驗生活，這本書的基礎正是如此。若說要多點私心，我希望本書的感覺能夠傳達給你。因此，我希望你能和我一起旅行。我希望你也能和我一起走在我的道路上。

最終話

# 照片筆記

**Finland**
**Helsinki**

**Mexico**
**Mexico City**

**Japan**
**Tokyo**

外面在下雨
而咖啡廳裡很溫暖。

墨西哥的理髮師。
每當我到了該剪頭髮的時候,
就會想起這位大叔。

深夜街道,
停放的腳踏車,
靜謐與茫然。

**Italy**
**Venice**

**United Kingdom**
**London**

**Japan**
**Sendai**

有時候會突然想問
妳過得幸福嗎?

有時候也會想問
妳當時是不是愛得很深?

仙台高原的滑雪場。
咖啡廳結帳櫃檯上的乾燥玫瑰。

India
Benares

United Kingdom
Haverfordwest

United Kingdom
London

France
Paris

France
Troyes

France
Paris

Peru
Cuzco

France
Paris

Finland
Helsinki

Greece
Santorini

Romania
Train

Romania
Suceava

恆河就像濕婆神
額頭掛的上弦月的形狀
一樣流動。

在山丘上的房子。
照片的右側
可以看到海，
無垠無際的大西洋。

計程車司機說，
他覺得他的背
有一股涼意。
「他說那不是好事，
是壞事！」

還能說出
「我會對妳更好」
的時期。
如果能回到那個時期
就好了。

能像貓咪一般
回來就好了。
但是，妳這隻貓
卻從不告訴我：
到底會怎樣？
到底該怎麼做？

是啊，
是啊。

某種緊密。
絕對性地緊密。

讀心是很困難的。
但是窺探心靈
卻很有趣。

在 350 克到 600 克之間，
對妳來說，心就在其中。

聖托里尼島的島主或許
是一隻貓也說不定。
很多貓的一座島嶼。
很多故事的一座島嶼。

有時候一天 24 小時
彷彿只有 12 小時一樣。
有時候一天 24 小時
卻像是 48 小時一樣。

誰，
會成為留在某人心裡的
那個人。

我在塞納河畔哭泣。
水流和樹木
竟有讓人如此觸景生情的時候。

去過一次就會完全遺忘來時的路。
讓人良久不想離去的地方。
我們也一起去那邊好嗎？

美麗的古城之都。
就算一輩子不看時鐘也能生活。

世上最美麗的路
是前往迎接某人的路。

稍微有點遙遠也沒關係。
我只要往前多走些就可以了。

－亞歷山大，
我們晚餐要吃什麼？
－紅蘿蔔汁、
紅蘿蔔湯，還有……
－亞歷山大，
那些是早上吃的。

顯露在外的廚房。
應該是因為家裡太狹窄或是太熱的
緣故。
我想擁有這種廚房。

路邊的麵攤。
只賣一個小時，
今天的生意就結束了。

有時候想對自己好一點。
那些時候我不靠自己，我會依賴別
人。

中國女人。
世上許多西洋人都擁有與中國女人
約會的幻想。

並不是無法像戀人一般相愛就不能
像朋友一般互相喜歡。最棒的是在
一起的感覺。絕對，不是孤單一人
的感覺。

因為感激所以活著，
因為感激所以有了力量……
因為感激，所以
儘管微薄我也要償還這個世界。

**Tibet
Lhasa**

該走了。
把堆得整齊的幻想攤在眼前，
有時候也該
靜靜地看著它們變得虛無的時候。

**France
Paris**

思想再寬闊一點，
思想再豐富一點。

**Vietnam
Hội An**

這個世界上有一個人觀賞的風景，
也有兩個人一起看的風景。

**China
Harbin**

看著豐富滿載的某些東西，
總讓人感到心動。

**France
Paris**

看起來很好。
那兩個人。
看起來很幸福，
也因此顯得危險。

**France
Paris**

若說是偶然未免太稀奇了吧？

China
Dati

或許現在
可以去那個地方的話，
不會再像以前一樣了。
所有的一切都是。

U.S.A.
New York

因為疑問很多，所以是秋天。
我想問那些我經歷過的一切：
「過得好嗎？」所以是秋天。

Turkey
Istanbul

一天之中我會搭好幾次公車，
跨越博斯普魯斯海峽。

France
Paris

擁有不變的夢想很好，
夢想總是改變也很好。

France
Paris

我想找尋至今仍未尋獲的
我人生中的至寶。

Nepal
Pokhara

或許，或許，
我們那停滯不前的人生框架，
在那裡，會瞬間破碎也說不定。

Italy
Florence

Kiss, Kiss, Kiss.

Italy
Venice

若是妳先到了威尼斯的話，
請先找到聖馬可廣場。
就算沒人告訴妳，大家都像約定好一般
前往那個地方，所以妳也必須這麼做。

Japan
Sapporo

我們被彼此看不見的線連接著。
我們被彼此聞不到的味道捆綁著。

Japan
Tokyo

妳必須認為自己是重要的。
如果妳不珍惜自己，
妳會變得比現在更糟糕也說不定。

Italy
Venice

但是無論何時那都是一個人的路。

France
Paris

在一季之間，
用最美麗、最絕妙的方式生活，
再用一季的時間完全安靜地休息。

稍微新鮮點的地方比較好。
稍微吹點風的地方比較好。

**France**
**Paris**

要實現戀愛基礎的方式，就是必須常笑。
就算那個人喜歡著別人也是一樣的……

**Bulgaria**
**Sofia**

沒有決定好任何事情的明日，
我很好奇明天的波浪會是怎樣的。

**Vietnam**
**Nha Trang**

有時候會想走曾經走過的路。
就算那條路任誰看來都不起眼，
但仍想再度造訪。

**Italy**
**Florence**

我雖然已是成人，有時候，
仍對於我度過兒童時節心懷感謝。

**China**
**Train**

我喜歡這個世界所有加上「第一次」的句子。
第一個場景、第一篇文章、第一次的旅遊地點……
請記住第一次。所有祕密都藏在第一次。

**Czech**
**Praha**

今天過去了，希望過去了，
愛也過去了，
那還會有其他日子嗎？

我許多的情感都寄託在紙上。

如果不懂享受，
那在升起的太陽面前
也不會有任何感觸，
在蔚藍的海水面前
也會像個笨蛋。

我在紐約裡最愛的一條街。
有幾間小的藝廊，
安靜的，有些空蕩的感覺。

談到旅行，
只需要準備好
些許的幸福感就行了。
再準備許多的衝動就可以了。

像是睡在魔術箱裡
再出來外面的心情。

門前隱約閃爍的光芒，
香甜的飲料味道，
孩子們的笑聲。

緊緊擁抱。

十年後的我們
將脫去一身風華，
就算有些裂痕，
也不該變得太輕，
也不該變得太重。

Provocative：
挑動的，刺激的。

在路上播放探戈音樂
跳起舞來的老人。
平常在包包裡放了一張韓國人
——淑英的照片。

我們是踩著影子走過來的嗎？
或是沒有踩著影子走過來的呢？

**Portugal
Porto**

再多留一會兒吧，
再多看幾眼吧，
再多要一點吧。

**Portugal
Aveiro**

那些過往的人都過得好吧？
雖然有些辛苦，
大家都過得好吧？

**United Kingdom
London**

當找到真正合適的衣服時，
一定會大聲叫出來的吧。

**China
Hangzhou**

是因為什麼呢？
只要看到這張照片
我就感到傷心。

**Mexico
Oaxaca**

我的生活是否也是那些
未經說明的事情之一呢？

**France
Paris**

不輕易被影響，
不輕易變軟弱，
也不輕易受動搖的。

**Switzerland**
**Lausanne**

我擁有一個人，
僅只是活在同一片天空下
就讓人產生力量的那個人。

**China**
**Yunnan**

我是一個同時擁有
溫暖與羞澀的人嗎？

**France**
**Paris**

辛苦的日子，不用人說
也會自然而然抬頭仰望天空。
此時，一個人經過了。
經過了我的頭、
經過了我的心，
一個人經過了。

**France**
**Paris**

一個人也好，
兩個人也好，
所有人在一起也好。
稍微流一點淚並不是一種病。

**Georgia**
**Tbilisi**

雖然我們不能說，
自己是少男、少女時
比現在幸福，
但是我們能說，
當時的我們比現在還渴望。

**Morocco**
**Volubilis**

買來一束薄荷葉，
洗乾淨之後放進水壺裡燒開，
就能沏成一壺
充滿薄荷香氣的茶了。

France
Paris

Morocco
Fez

Peru
Cuzco

Japan
Tokyo

India
Mumbai

India
Benares

Finland
Helsinki

Finland
Helsinki

Taiwan
Kaoshiung

Vietnam
Ho Chi Minh

U.S.A.
San Francisco

Finland
Helsinki

我再多愛一點吧。

如果沒辦法
感受到自己活著，
就不會知道活著
是什麼感覺。
聽起來雖然
有點可怕，
但這是事實。

是的。是的。

上次你寄的禮物
我收到了。

噓！
媽媽還沒睡著。

度過一天並不難，
但有件事就
沒那麼容易了，
那就是要
照顧自己的這件事。

我喜歡的人
並不在這個世界上。

在這個季節，
就連密碼也必須
重新設定一個。

讓人想知道
裡面究竟有誰
居住的房子。

只要跟我
分享一些就行了，
剩下的我來想辦法。

收起跟妳一起
撐過的雨傘，
看著那片不屬於
自己的天空的心情。

雨後一定會有陽光，
這句話的意思是，
一定會有好事發生。

**U.S.A.
New York**

相愛的時候，
我們像是被某種東西吸引著，
實際上那是我們體內所散發出來的愛。

**Cambodia
Poipet**

請一整天都在我身旁搧扇子吧。

**U.S.A.
New York**

我是否有忠實地走在前方呢？
那個人是否有忠實地走在前方呢？

**Italy
Venice**

妳和我在不同時機笑著。
我和妳在不同時間做出反應。
妳和我有著不同的口味。
我和妳有著不同的興趣。
妳有著我所沒有的部分。
我有著妳不一定需要的部分，僅只如此。

**Finland
Helsinki**

我們之間，
我是比較常傾聽的那一方？
還是比較常訴說的那一方？

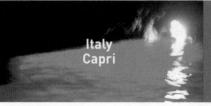

**Italy
Capri**

涼爽的樹蔭下，
在那之下，戴著帽簷寬的帽子。
拿著一本讀了一半的書。
蔚藍得太過蔚藍，讓人想流下眼淚的天空。

德國心理學家做了研究：
喜歡嚼口香糖的人，
相對於不愛嚼口香糖的人
足足保有30%以上的情報。

Bulgaria
Belikotournuovo

現在比起當時還要好，
那是因為現在終於能稍微瞭解
當時所不懂的事情。
那是因為現的我把當時略顯不足的我
緊抱在懷裡的關係。

Italy
Venice

索諾拉——加州——亞利桑那——
撒哈拉——利比亞——阿拉伯半島——
莫斯塔爾——維多利亞——阿塔卡馬——
喀拉哈里——突厥斯坦——
塔克拉瑪干——戈壁。

Egypt
Cairo

飢餓的表情，
不禁想用手遮住那個眼神。

Yemen
Sana

不知道那個人是像膠帶正面的人，
還是像膠帶背面的人……

China
Beijing -Train

不等待也沒關係。
我過去就行了。

Italy
Venice

　　對於李秉律詩人來說，似乎有一個非去不可、不可不去的「夢想國度」。若不是那樣，如何能以詩人之姿，背起一個行囊，居無定所地闖蕩五十餘國呢。散發玫瑰味的香水，每一盎司需要用一噸的玫瑰提煉，他是渴望著那一盎司的玫瑰香氣嗎？滴在每個旅人心中的淚終究是不會消失的，而這本書就在記錄那些永不消逝的瞬間。因此，與其說它是散文集，它更像詩集；與其說是海水，它更像鹽；與其說是肉體，它更屬靈魂。你將能透過這本書瞭解為什麼他把人生比喻為旅行，你也會自然而然地體會，在你的人生之中，曾經在某個時間、某趟旅行中歡笑，抑或吞下淚水。讀完這本書，它對我這麼說：人們停留的地方，終歸是人們的內心；人們旅行的所在，終歸是人們的心靈。

—— 詩人鄭承浩

　　秉律就像個遊子，總是在出發的路上。令人驚訝的是，這樣的秉律竟是無人能敵的正直。因此有時我會忘記他只不過是個平凡的路人。雖然不是現在，以前我曾和秉律住在同一個社區兩年。由於他經常提著相機出遠門，我便到他的家替植物澆水。有時是兩個月後，有時是半個月後，秉律回來了，當時他給我看的照片、跟我說的故事，變成了這本書。一回來就立刻訂定下一個遠行計畫，希望這份心情的些許也蘊含在書中。那對我們這種定居的人來說，就如同打開的門窗一樣，是令人悸動又快樂的。

—— 小說家申京淑

讀了一頁，翻到下一頁之後，卻又重新回到前頁，反覆咀嚼著自己的解讀是否正確，接著，又再重新讀更早的內容。像是在看參考書一樣，讓人不禁想仔細閱讀的文字，我很喜歡。雖然你擁有與年齡相符的皺紋和眼神，但是你卻仍十分害羞。我不想傷害你用那份誠意花了長時間整理出的任何一字一句。我也不懂，或許我也不希望自己如此小心翼翼地對待你的文字。可能你本身並不像你的文字一般敏感，而我因為自己的敏感所以才想小心些。我看著書中的文字與刊登的照片，想著，要是我也會在那些地方、那個時間、拍下那樣的樣貌，因為這本書和我太過相似，於是我邊看邊笑又邊哭。像這樣找到了很像自己的人，於是，生活又能繼續下去了。喜歡這樣，無論是書也好，你也好，我自己也好。

──歌手李素羅

國家圖書館出版品預行編目資料

吸引/李秉律著；黃孟婷譯. —初版—臺北市：
大田，民105.04
面；公分.—（美麗田；153）
ISBN 978-986-179-442-6（平裝）

862.6                          105001615

美麗田 153
........................

# 吸　引

**文字、攝影**：李秉律
**譯者**：黃孟婷

**出版者**：大田出版有限公司
**地址**：台北市10445中山北路二段26巷2號2樓
**E-mail**：titan3@ms22.hinet.net　http://www.titan3.com.tw
**編輯部專線**：（02）25621383　**傳真**：（02）25818761
【如果您對本書或本出版公司有任何意見，歡迎來電】
**法律顧問**：陳思成 律師

**總編輯**：莊培園
**副總編輯**：蔡鳳儀
**執行編輯**：陳顗如
**行銷企劃**：張家綺
**校對**：金文蕙／黃孟婷／黃薇霓
**美術編輯**：張蘊方
**初版**：2016年（民105）4月10日　定價：399元

**印刷**：上好印刷股份有限公司　（04）23150280
**國際書碼**：978-986-179-442-6　CIP：862.6/105001615

끌림 Attraction
Copyright 2010 © 이병률 李秉律
All right reserved.
Complex Chinese copyright © 2016 by Titan Publishing Co., Ltd.
Complex Chinese language edition arranged with Dal Publishers
through 連亞國際文化傳播公司